遊歩新夢

三日後に死ぬ君へ

実業之日本社

実業之日本社文庫

目次

三日後に死ぬ君へ

プロローグ

緑閃光《りょくせんこう》――グリーンフラッシュ。

その光を見た者には幸福が訪れる、と言われている。

君があのとき求めていたのは、どんな幸せだったのか僕は知らない。
それでも、君はずっと海岸に座って夕陽《ゆうひ》を眺めていた。

「私、これを見てみたくて」
差し出された一葉の写真。
それを見たとき、運命を感じた。

過去を忘れてしまいたくてここに来た僕と、忘れてはならない過去に縛られてここにいる君をその光が照らしたとき、きっと奇跡が起こる。

僕は、そう信じてもう一度ここに来た。

君はもう忘れてしまったかもしれない。でも、その日々は、確かに僕たちの間にあった。

君は幸せになっただろうか。

君の幸せはなんだったんだろうか。

あの奇跡の閃光とともに、君の記憶に刻まれたものを、僕は確かめたい。

宇宙の神秘の中にある、人の神秘を覗《のぞ》き見るために。

第一章　僕は殺された

すべてがなくなった。

僕はそう感じていた。

多くの僕らの同世代にとって、大学受験というのはおそらくは人生で最初の大きな関門だろう。

長い人生の中で一度の失敗くらい取り返せると他人《ひと》は言う。

けれども当事者にとっては人生の一大事だ。

「まさか、自分が浪人生になるなんてなあ」

最初のころはその程度の認識だった。しかし、日が経《た》つにつれ、ともに青春時代を過ごした友人たちは大学という新たな世界に向かって準備を進め、四月にもなれば、まったく自分と違う世界へと羽ばたいていってしまった。

取り残されてしまった僕は、いつしかそんな友人たちとも疎遠になっていた。

思えば、学校というコミュニティで培った関係は、それくらいでなくなってしまう小さな世界観でしかなかったんだ、ということを、今あらためて思い知っている。

僕の家は諸事情で母ひとり子ひとりの家族だ。親に負担もかけたくないと、国公立一本に絞ったのが仇《あだ》になって、一年浪人というかえって親に心配をかける羽目になってしまった。

「まあ、ゆっくりするのも悪くないから。よく考えてみたらいい」

母はそう言って、僕の行動に文句は言わなかった。

だから、卒業旅行用に貯《た》めていたお金を持って旅に出た。

卒業旅行には行かなかった。いや、行けなかった。高校は確かに卒業したが、その先が見えない。それに、これからの未来に希望がいっぱいのみんなの中にいるのがあまりにも居心地が悪くて、僕はひとり適当な理由をつけて旅行をキャンセルし、ふさぎ込んでいた。

そんなとき、ふと、旅に出たくなった。

旅は好きだ。

もともとアウトドアや自然が好きで、高校でもトレッキングを主体とする野外活動サークルにいた。

野営道具も一式持っているし、野宿などしながらできるだけ長く旅をしようと歩き出した。

五月の連休も終わり、旅人が減るころを見計らって、導かれるようにこの海岸に来た。

日本海が見渡せる人けのない場所だが、西の空に水平線が見えていて、きっとここならいい夕陽が見れるだろう。

「ここだ」

僕は目の前の景色を何度も確認して、立ち止まる。

ここがたぶん、求めていた場所だ。

もともとあまり人のいない地域だろうが、それにしても誰もいないな、と周囲を見渡したとき、海岸にぽつんとたたずむ黒い影を見つける。

「何か落ちてる？」

最初はそう思った。海岸には漂流物が落ちていることも多々ある。

しかし、持っている双眼鏡で確認すると、どうやらそれは人らしい。

キャンプ用のローチェアに腰掛け、カメラが載った三脚らしきものを構えているように見える。

一瞬で興味が芽生えた。僕の足は海岸にたたずむ人影のほうに向いていた。

目の前の日本海には、夕陽が沈んでいくところだった。

砂浜には僕と、そして、目の前に座っている人物の影が長く伸びている。

長い黒髪の少女だった。制服を着ているから、高校生かな？

ローチェアに身を沈め、じっと夕陽が沈んでいくのを見つめている。

僕は声をかけようかどうかためらった。それほど真剣に、彼女は夕陽を眺めている。

辺り一面はオレンジ色に染まり、すべての風景が夕闇に溶けていこうとしている。

広い海岸にたったふたりしかいない世界に見えて、それはいっそ幻想的だった。

当たり前の話だが、太陽は朝昇ってきて夜になる前に沈む。この広い空を、ゆっくりと半日かけて移動しているのだ。

けれども、それを体感することはほとんどない。気が付けば陽は昇ってきて、そして沈んでいく。

その動きを最も視認できるのが、日の出と日没といっていい。

水平線に太陽の下の縁が触れると、まるで海に吸い込まれていくように、目に見えて動いて沈んでいく。

この瞬間、地球が自転しているのを実感できるのだ。僕は、昔から日没の瞬間を見るのがとても好きだった。

半分、そして三分の一、太陽はどんどん姿を消していく。

少女はじっとそれを見つめていて、僕も思わず息を呑《の》んで沈みゆく太陽を見ていた。

彼女が何を思って日没を見ているのか、僕にはわからない。ただ、僕も同じ夕陽を見に来たのは確かだった。だから、彼女に感化されたわけではなく、僕自身もこの日没を見届けることに集中してしまっていた。

その瞬間は刻一刻と近づく。

いよいよ太陽のほとんどが水面下に沈み、残り僅《わず》か、上部の縁だけが残っている。

それもあっという間に水平線に吸い込まれていく。

僕はその瞬間に見ることができるかもしれない、奇跡の閃光を待ち望んだ。でも、奇跡はそうそう起こらない。

『ああ、光らなかった』

僕と少女の声がユニゾンした。

「え?」

「ひゃあっ!」

僕は、彼女が同じ言葉をつぶやいたことに驚き、少女は僕の声自体に驚いた。いまさらのように僕の存在に気づいて振り返る。

少女は座ったまま僕を見上げるような形で固まっていた。

そりゃそうだな。

いきなり女の子の背後に気配もなく男が立っていたら、それは不審者以外の何者でもない。

「いやその、いい、椅子だね」

「え？」

「そのローチェア、キャンプ用のいいやつだろ。ほらほら、僕も持ってる」

背中に背負った装備の中に、たまたま同じ椅子があったので、取り繕うように無理やり話題を作ってみたが、ちょっと無理があるな、と自分でも思う。

「わ、ほんとだ。一緒だね」

と思いきや、食いついてきた。どうやら不審者扱いは免れることができそうだ。物おじせずにしゃべる様子は、人慣れした小動物のようで愛嬌《あいきょう》がある。

「キャンプ、好きなの？」

せっかく話題ができたので、広げてみる。

この椅子はなかなか本格的なキャンプギアだ。同じような椅子はたくさんあるが、このメーカーはその中でも格が違う。ちょっと欲しいから、で買う人はあまりいない。となれば、彼女もキャンプが好きなのかな、と踏んだ。

「キャンプはしたことないなあ。この椅子、いい椅子なんだ？」

「いい椅子だよ。なんだ、自分で買ったんじゃないの？」

「うん。もらった。もらったんだけど、誰からもらったのか思い出せなくて。でも、使いごこちがよくて使ってるの」

キャンプ好きではなかった。でも、安い椅子ではない。誰にもらったか忘れるなんてことがあるんだろうか、と訝《いぶか》しむが、それより気になることがあったので、僕は椅子のことについてはスルーした。

「さっき、光らなかったって言ったよね」

「うん。あなたもね」

にこっと、少女ははにかんで僕を見上げていた。この瞬間、僕らの間にそれがなんのことを言っているのか、共通理解が芽生えていることを悟る。

「もしかして、グリーンフラッシュ？」

僕はその共通理解を確認してみる。すると少女は、はぜるような笑顔で手を叩《たた》いた。

「正解！　うわあ、そんなことわかる人、初めて会った」

見るからに少女のテンションが上がる。彼女は椅子から腰を上げ、夕暮れの海を背にして僕の正面に立つ。

「グリーンフラッシュを見ると幸せになるんだって。だから、いつか見たいなって思って」

確かにそんな伝承はある。僕もよく知っていた。彼女は一度、太陽が沈んでしまった水平線の方を振り返ってから、黒い髪をなびかせて僕に向き直る。心なしか、愁いを帯びた瞳が印象的だ。僕はその瞳に吸い込まれるような錯覚に陥った。

「私、岬陽菜穂《みさきひなほ》。これを見たくて、晴れてたら毎日ここに来てるの」

そして、彼女は一枚の写真を僕に見せる。雑誌の切り抜きを丁寧にラミネート加工したものだった。そこには、半分ほど沈んだ太陽の上部の縁《ふち》が緑色に光っている写真があった。

「これ……」

僕の心が震える。

「ここで撮られたんだって。ほら、この辺の景色、一緒でしょ」

知っている。僕はこれを知っている。だから、僕はここへ来た。

「だから、ここならチャンスがあるかなって」

少女は無邪気に、楽しそうに話す。

「でも、グリーンフラッシュは……」

「なかなか見ることはできない。知ってるよ。ねえ、お名前は？」

僕の言葉に、少女が続けた。一瞬寂しげな光を宿した瞳を見て、僕はハッとする。

僕も余計なことを言ったな、と反省する。

そして、確かに彼女は名乗った。僕もすぐに名乗らなかったのは失礼だった、と反省する。

「僕は松崎颯真《まつざきそうま》。まあ、その、ひとり旅の最中で、たまたまここに寄ったんだ」

「へえ。旅か。いいね。私は旅なんかさせてもらえないなあ」

陽菜穂はまた朗らかな笑みを浮かべる。さっきのはなんだったんだろう？　少し気になったが、それも夕闇が迫りくる美しい空のグラデーションに目を奪われ、すぐにどこかへ行ってしまった。

「凄《すご》いね。今日は透明度が高いけど、見えなかったかあ」

陽菜穂も緋色《ひいろ》から濃紺へ染まっていく空を見上げながら、うーんと背伸びをした。

陽は完全に沈み、夜がやってくる。

ちょっと変わった少女に思える岬陽菜穂の、そのときの表情は、もうその闇に溶けて見えなくなっていた。


僕はキャンプ地を定め、野営していた。

宿に泊まる予算はない。できるだけ長くここにいるために、節約できるものは節約しなくてはならない。

「しかし、まさかなあ」

キャンプ用のストーブコンロで湯を沸かしながら、僕は夕方のことを思い出す。

グリーンフラッシュ。緑閃光、とも呼ばれるが一般的には英語のグリーンフラッシュという名前のほうが有名だ。

これは、太陽の縁が地平線や水平線にかかったときに、一瞬だけ見られる緑色の光。大気のプリズム分光による自然の悪戯《いたずら》なのだが、そうそう滅多に見られるものじゃない。そして、日の出か日没時に見られるが、圧倒的に日没時の目撃事例が多い。

それだけならまだ、稀有《けう》ではあるがチャンスはある。

問題は、陽菜穂が見せたあの写真だ。

通常は太陽が沈む瞬間の一瞬、光るのが定番だ。ところがこの写真は太陽本体が半分まだ地水平線上に残っている状態で上縁部に既に緑の光が見えている。それはほとんど捉えられたことがないレアの中のレア、ゲームでいうなら出現率の低いSSSRくらいの現象だ。それを捉えた写真はおそらく世界でもそう多くはなく、一枚一枚がいつどこで起こって、誰が撮影したのか特定できるレベルで希少だ。

「僕と一緒、なのかな」

初対面でも屈託なく話す少女だった。見た感じ高校生くらいで、ついこの前まで高校生だった僕からしても年の近い少女だ。

長い黒髪が美しくて、少し愁いを帯びた瞳が印象的で、笑顔がいい女の子だった。

それだけなら、ただのかわいい女の子で終わっていただろう。

でも、彼女はこれまで接してきた同級生の女の子たちと、どこか違う雰囲気を持っていた。

グリーンフラッシュを浜辺で待っている、という図が変わっているな、というのもあるけど、何か別の理由もあるような。

ともあれ、僕自身は人生の失敗の経験を忘れたい。何かで上書きしたい、と思って、すがるような思いでここに来た。でも、何か、すごい体験をすれば、希望に満ちた未来へと進めるような気がしたんだ。でも、実際には、見据えている未来なんかない。

ただ、動かなきゃ腐ってしまうような気もして、半分はその怖さから逃げるように旅に出てきた。

『グリーンフラッシュを見ると幸せになるんだって』

彼女はそう言った。

確かにその伝承はある。ただ、あくまでも『珍しい現象だから見るとご利益があるかも』くらいのものだということは、誰にでもわかるだろう。というか、僕もそこにすがりに来たようなものだ。

でも、一瞬垣間見《かいまみ》えたあの寂しい瞳の光は、それを見ることになにか鬼気迫るような願いがあるようにさえ感じる。ふと、ある意味、今の僕を映す鏡であるかのようにも思えた。

翌日、街を散策してみることにした。

荷物はキャンプサイトに置いてきたので、今は身軽だ。カメラと貴重品と、小さなバックパックに入る程度の荷物だけを持っている。

知らない街に来るのは珍しいことじゃない。高校のころは仲間と一緒に部活動の一環として未知の場所に出かけるのは日常だった。

でも、大学受験の成功と失敗という一瞬の分岐点で、それは遠いものとなってしまった。

成長し、進んでいくということは、何かを失い忘れていくことなのかもしれない。環境は常に変化していき、その中で出会いや別れ、獲得と喪失がある。そうなのだ、と頭では理解している。

だからと言って、『そういうものだ』と達観するには、まだ僕の心は大人になり切れていなかった。

昨日陽菜穂が見せてきた、この海岸で撮影されたグリーンフラッシュの写真。超望遠レンズで切り取られた、水平線へ沈みゆく半分の太陽。その縁に輝く緑色の閃光。

望遠による超拡大の迫力と、鮮やかな緑の閃光が印象的で、見るだけで心が持っていかれそうになるほどの写真だ。

だから、陽菜穂があれを見たいと願う気持ちだけは、僕がいま最も理解できる感情だと思う。

ただ、きっと、グリーンフラッシュを見たいという理由が、僕とあの娘《こ》では違うだろう。

そんなことをぼんやり考えながら、しばらく滞在するつもりの街を下見していく。キャンプ場には風呂がない。銭湯は見つけておきたい。事前に調べるのもいいのだが、あえて何も情報を持たずに来るのが僕の流儀だった。

「これで風呂なかったらどうすんだろな」

などと思わなくもないが、目の前に海はある。多少寒いが沐浴《もくよく》はできるだろう、くらいの気持ちもあったけど、さすがに海水はまずい。

日本海に面した小さな街だ。さびれているとまではいかないものの、都会のようになんでもそろっているとはいいがたい。

コンビニは駅に向かう道の途中に一軒あるだけ。風呂は幸い温泉地ということもあって、日帰り入浴施設がいくつかあった。国民休暇村のキャンプサイトのほうが施設も充実していたようだが、僕はひとまず海に出やすい別のサイトにテントを張っていた。

なにより、あの陽菜穂という少女と狙うポイントが同じなので、場所が近いほうがいいと思ったのだ。

「今日もいるのかな」

晴れている日はいる、と言っていた。

女子高生ってそんなに暇なんだろうか。

僕の知っている同級生の女子たちは、放課後は毎日忙しそうだった。部活動をしていない娘でも、買い物だデートだカラオケだと、かしましかった。なんとなく苦手で、僕はそういった集団との付き合いはなかったけど。

まあどうせ、また海岸に行くんだ。その時、彼女がいるならばもう一度会うだろう。そう思うこと自体が、すでに陽菜穂の存在を気にしているのに違いないが、それでもまだ、僕は彼女の姿を風景の一部に過ぎない、と思っていた。

今日もいい夕暮れを迎えていた。

グリーンフラッシュは空気が澄んでいて、空の透明度が高い日に現れやすい。といって、どのような条件がそろうと出るのか、という確実なことは全くわかっていないので、これは最低限の条件ということになる。

僕は再びその海岸を訪れる。

そこに、陽菜穂はいた。

昨日と同じように、砂浜にローチェアを置いて座っている。カメラ三脚を立て、何か本を読みながら静かに日没を待っている。

今日は昨日より時間が早い上に、この季節は毎日、日没の時刻が少しずつ遅くなる。といってもだいたい一分程度の話ではあるが。

「やあ」

「あ、颯真くん、だっけ？　合ってる？」

持っていた本を閉じ、確認するような口調で座ったままで僕を見上げる。

「合ってるよ。岬陽菜穂さん。本、好きなの？」

「堅苦しいなあ。陽菜穂でいいよお。私も颯真くんって呼ぶから。おあいこで！」

そう言って、陽菜穂はコロコロ笑った。

いきなり馴《な》れ馴《な》れしいといえなくはないが、不快感はない。ただ、名前で呼ばれるのは少し気恥ずかしくは感じるし、女の子を下の名前で呼ぶような経験もないので、僕にはちょっと抵抗がある。とはいえ、そう呼んでくれ、といわれるならその希望には沿う努力をしよう。

「本は好きだよ。だって、一度読んだら、そこにいる人を忘れることがないもの」

「記憶力いいんだな」

「ふふ……どうかなあ。そうでもないよ」

不思議な雰囲気を持っている。

「毎日ここにいるって言ってたけど、グリーンフラッシュ、ずっと待ってるんだ？」

「そうだなあ、一年くらいは頑張ってるかも。冬は寒くて時々さぼっちゃうんだけどね」

「冬はな……この辺積もるだろ？」

「うん、たっぷり積もるよ。だから、来れない日もある。そんなときに光ってたら嫌だなって思うけど、寒いのはあまり好きじゃないんだ」

「一年か……」

同じポイントで一年以上粘っても、やはり見ることはできないんだな、と、少し絶望的な思いに駆られる。それにしても、いくら地元とはいえなかなかすごいもんだ。

「颯真くんは、どっかから来たの？　見かけたことない顔だもんね」

「ああ、まあ、昨日も言ったけど、旅人さ」

「旅かあ。旅はいいよねえ。憧れるなあ」

「なんだよ、旅したことないのか？」

「……記憶には、ないかな……」

一瞬考えるようなそぶりをして、そうつぶやいた陽菜穂の顔は、ちょっとドキッとするほど儚《はかな》げに見えた。

何か触れてはいけないものに触れた気がして、僕は慌てて話題を変える。

「今日はちょっと雲があるな」

「そうだね。ちょっと厳しいかなあ」

できるだけ水平線が見えている状態で沈んでいくほうが確率は高い。

夕陽が赤いのは、波長の長い赤の光が大気の層を進んで目に届きやすいからだ。波長の短い緑の光が見えるための条件は、かなり厳しい。故に、空の透明度が重要となる。

今日は水平線の方向に厚い雲があって、これではいくら澄んだ空でもグリーンフラッシュは見えないだろう。

「せっかく澄んだ空なのにね」

陽菜穂は空を見上げた。

一緒に僕も澄み渡った蒼《あお》を仰いだ。

「月までだいたい三十八万キロ。太陽まで一億五千万キロ。途方もないよな」

「颯真くん、星好きなの？」

「星に限らず、自然は好きさ。キノコ採集だってできるんだぜ？」

「おおっ、それはすごいね！　キノコ鍋とか作るの？　漫画とかでよく見るやつ」

昨日から僕の話に意外と食いついてくる。趣味が似ているのか興味の方向性が一緒なのか、とにかく僕にとってはありがたい。

「低山の山岳キャンプなんか行くと作ることもあるよ。とりあえず今まで毒キノコを食ったことがないのが自慢だ」

「おもしろそう！　私もキノコ鍋食べてみたい！」

「そこらへんでシイタケやなめこ買ってきても似たようなもんだぞ」

「自分で採《と》ったのを食べるのが醍醐味《だいごみ》なんじゃないの？　私はこれを自分で撮りたいからここにいるんだし」

言って、また昨日の写真を懐から出す。ラミネート加工されたそれは、常に身に着けてなくさないようにしているのか、紐《ひも》が通されて首からかけられるようになっている。

「確かにそのとおりだ。その写真、大事にしてるんだ」

僕は知らず知らずに微笑《ほほえ》んでいた。それを見た陽菜穂は、少しきょとんとして、瞬《まばた》きを忘れたかのようにしばらく僕を見つめた。

「な、なに？」

あまりに見つめられるので、僕のほうがたじろぐ。

「いやあ、この写真にそこまで反応する人を初めて見たから。みんな、ふうん、へえ、くらいで終わっちゃうんだよ」

「まあ、興味のない人ならそうだろうな」

「でしょ？　でも颯真くんはそうじゃない。これは、語り合わなくちゃいけないと、私は思うんですよ！」

「はあ」

年の割に性格が幼いのか、それとも、元来天真爛漫《てんしんらんまん》なのか、物怖《ものお》じしない娘だ。

別に悪さをしようとは思わないが、昨日会ったばかりの男なんだから、ちょっとは警戒しろよ、と思わなくはない。

ただ、それは不快ではなく、むしろ可愛《かわい》らしいとすら思える。女子とあまり触れ合う機会のなかった僕でも、肩の力を抜いて話せるというのはすごくありがたい。

そんなことを言っているうちにも、雲に隠れた太陽はいつの間にか沈んだようだ。陽の沈んだ海岸はどんどん暗くなる。街にも街灯は少なく、都会の夜とは打って変わって暗くなる。

「さ、帰らなきゃ。ねえ、しばらくいるの？」

「あ、ああ。あっちのキャンプ場にテント張ってね」

「テント生活かあ。それも面白そう」

「この季節はまだいいけど、夏は地獄だぜ」

「あ、そうかあ、無理だあ」

「挫折早いな！」

　完全に陽が落ちるまで、そんな話をしていた。

　さすがに真っ暗になると足元もおぼつかなくなる。ここは田舎だ。道はまだしも、海岸はほんとに何も見えなくなる。うっすらと見えるうちに、僕たちは堤防の上の道へと出た。

「じゃあね、また明日、晴れたら」

「ああ」

　二日目までは、なんとなく昨日の延長の感じだった。

　でも明日、三日目からは、もう毎日逢うのが既定路線になりそうな。そんな予感がしていた。三日坊主とか、三度目の正直とか、三という数字はある種の区切りを表す数字なのかな。

　一目惚《ひとめぼ》れとかはよくわからないし、経験もない。

　でも、たった二日なのに陽菜穂といる時間が心地よく感じる。それは、今まで感じたことのない感触で、受験失敗からこっち、一番安らぐ時間に感じられているな、と、思った。

　それくらい、陽菜穂の側に居心地の悪さを感じないのだ。

これもグリーンフラッシュの奇跡なのかな。まだ見てないけど。

僕はなんとなく、この地での暮らしが楽しみになってきていた。


あれから、晴れている日はずっと夕方の逢瀬《おうせ》が続いている。

一週間もすると、ずいぶん打ち解けてきた。

「今日は空が青いよ！　これは期待できるかも！」

「確かに！　僕がここに来てから最高の空だ！」

グリーンフラッシュが出る確率、というものは統計上のデータがない。

僕が調べた限りの話ではあるけど、その現象が起こったときの気象データがそろっている、というのを見たことがない。

なので、気温、透明度、湿度、風の有無、気圧、などなど、全く未知数だ。

だから、見た感じいい空、というくらいしか期待値がない。

「よし、今日は応援しよう！」

陽菜穂が妙なテンションで言いだした。

「応援？」

「うん。陽が沈むときに、光れー光れーって。誰でも声援があると頑張ろうって思う

「一億五千万キロ先にその声援が届くのは、えーっと……」

僕は大気中の音速で太陽までの距離を割る。

「だいたい五千日くらいかかるよ」

「おおっ、キリがいいじゃん！　これは縁起がいいかもしれないね。いっぱい応援してみよう」

百日単位をバッサリ切った適当な切りのいい日数を言ったので、ツッコミが来るかと思ったら、ますます乗り気になってしまった。

やっぱり、陽菜穂は面白い。

やいのやいのしているうちに、陽は傾く。

水平線近くに落ちてきた夕陽は、丸くて大きい。

これくらいまで落ちてきて光量が落ちると、カメラの望遠レンズで見ても短時間なら大丈夫だ。覗いてみると、太陽の縁がゆらゆらと大気の層の影響で歪《ゆが》んでいる。

空の色はクリアで、水平線以外はあまり赤く染まっていない。

「知る限り、理想の条件だ！」

「うわあ、期待が持てるかな！　私も一年近くここで見てきたけど、間違いなく今日が一番雰囲気ある！　保証するよ！」

「そうなの？」

「うん。私、全部覚えてるもん。ここで見た夕陽を」

すげえな。そう言い切れるほど、たくさんの夕陽を見てきたんだろうな。

言ってるうちにも、太陽の下の縁が水平線に接する。

「きれいに接したな！　めちゃくちゃきれいだぞ今日の空！」

「よし！　光れー！　光れー！　グリーンフラッシュくん！　光れー！」

陽菜穂が太陽にエールを送り始めた。五千五百五十五日後に届くエールを。

「光れー！　光れー！　今日こそ光れ！　今日は行ける！」

僕も負けじとエールを送る。ちょっと恥ずかしい気もするが、陽菜穂があまりに楽しそうに、そして、本気で応援するので、僕も乗せられてしまった。

静かな田舎町の海岸に、僕たちふたりだけの、わけのわからない声援がこだましていた。

『光れー！　光れー！』

怪しいふたりの声援を受けて、太陽はゆっくりと水平線の向こうへ沈んでいく。その姿は大気の揺らぎで歪みながらも、はっきりとした輪郭を持つ丸い姿を保っていた。

ここまでしっかりと輪郭を保って沈んでいく夕陽はめったに見られない。期待が高まる。

半分沈んでも、緑の光は見えない。

あの写真のように見えるのは希少中の希少だ。

通常はすべて沈んでしまう直前、一番上の部分が緑に光る、というのが定番だ。

そのときが、刻一刻と近づいてくる。

いつの間にか、ふたりとも声援をやめ、息を呑んで太陽の動きを凝視する。

水平線に吸い込まれていくように、太陽の光が小さくなっていく。グリーンフラッシュが現れるのは、だいたいこの一瞬だといわれる。

『光れー！』

ふたりの声援がシンクロした。太陽の光は、そのままスーッと小さくなり、すべてが水平線の下へと隠れてしまった。

僕たちは、しばらく呆然《ぼうぜん》と水平線を見つめた。

今日はひときわ美しい、濃紺成分が多いグラデーションが空を覆っている。

「はは……」

「ふふふ……」

思わず、笑いが漏れた。

グリーンフラッシュは見えなかった。でも、今日は今までで一番興奮した。

『あはははは！』

ふたりの笑い声が海岸に響く。

「あー、楽しかった！　すごく楽しかったよ、颯真くん！」

「俺もだよ、陽菜穂ちゃん」

「でもほんとに今までで一番近かった気がするよ。颯真くんといると見れるかも！」

「僕も、陽菜穂ちゃんといると見れる気がしてきた。想《おも》いはひとりよりふたりだな」

「だね！」

目的は達成できなかったが、同じものを追い求めるふたりで共有した最高の時間だった。

日が暮れると辺りは一気に暗くなる。いつもどおり、もうお別れの時間だ。

「さて、帰るか」

「そうだね。そういや颯真くん、ご飯は毎日どうしてるの？」

「自炊さ。節約しなきゃいかんし、あまり贅沢《ぜいたく》に外食するわけにもね」

「自炊か。よし、じゃあ、今日はうちでご飯食べていきなよ。私もひとりご飯だと寂しいし」

陽菜穂がいきなりそんなことを言いだす。これは予想外だ。

「え？　家族は？」

「今日は仕事だねー。だから遠慮はしなくていいよ？」

「いや、とはいえ」

むしろ遠慮するところのような気がする。

年頃の女の子ひとりの家に、得体のしれない放浪者を招くな、と言いたい。

と、抗《あらが》おうとしたが、陽菜穂はお構いなしに話を進めてしまうので、こっちも断りにくいし、まあ、僕がきちんとしていればいいか、と招待を受けることにした。

「じゃあ、荷物ぐらいは持ちましょう、お嬢さん」

「くるしゅうない、よろしくね」

荷物といっても、小さなローチェアとカメラと三脚くらいのものだ。

同じ椅子を使っているので、僕は手慣れた感じで椅子を畳む。

「あれ?」

そのとき、椅子のパイプの部分にマジックで文字が書いてあるのに気づいた。もう薄くなって見にくいけど、ひらがなで「ち」と書いてあるように見える。その後にも何か書いてあった跡があるけど、かすれて読めない。

ちょっと興味を引かれたものの、すぐに暗くなってしまったし、陽菜穂が「行くよー」と言って歩き出したので、意識はすぐにそっちに向いた。

夕闇に染まっていく堤防沿いの道を陽菜穂と並んで歩いていく。陽菜穂は、海の沖のほうを指さして言う。

「ほらあれ、イカ釣り漁船だよ」

「ああ、そうなんだ」

沖のほうを見ると、明るい光の集団がいくつか見える。

「今日は父さんも母さんもあっち」

「漁師さんなのか」

「うん。ここじゃ珍しくないよ」

確かに、ここは漁港の町と言ってもいい。日本海といえば海の幸だし、主要産業は漁業だろう。

海岸から三十分ほど歩いただろうか。港が見える高台に、彼女の家はあった。

「さあさあ、入りたまえ。颯真くん」

少しおどけたような調子で、陽菜穂が玄関を開けた。

ここの町並みは古くて、近代的な建築の家はまばらだ。陽菜穂の家も昭和の香りが残る、板張りの古めかしい家だが、漁具を置く小屋などもあって、敷地は結構広そうだ。

「どうぞー。颯真くん、お刺身とか大丈夫？」

「大丈夫だけど、いや、むしろごちそうだな」

「えー？　そう？　うちだと飽きるくらい出てくるよ。昨日鯛《たい》もらったから、ちょっと待っててね」

台所に大きな発泡スチロールがあって、その中に敷き詰められた氷の上に横たわるでっかい鯛がいた。

「え、もしかして今から捌《さば》くの⁉」

「そうだよ？」

普通のご家庭では見ないような大きなまな板に、びったん、と鯛を置き、エプロンではなくかっぽう着を着て、こちらも見たことのないような包丁を持つ陽菜穂。

ここは昭和か、という光景だ。

「漁師の娘ですもの、魚捌くくらい日常ですのよ、ほほほ」

時折妙な口調でおどけてみせる陽菜穂だが、会ったときの印象より余程柔らかい。最初はおとなしそうでまじめな娘かなと思っていたが、意外と明るくて快活なのは僕としても話しやすくて助かる。

「後学のために見てもいいかい？」

「いいよー」

陽菜穂の後ろから鯛の捌きを見学する。なるほど鮮やかな手並みだ。あっという間に、スーパーなんかで見慣れた刺身の形におろされていく。ただ、その身の艶の美しさは、ちょっと都会では見られない。

「お刺身とご飯しかないけどねー。はい、お待たせー」

おろしたての鮮魚の刺身と熱々ごはん。

野営で暮らしている身としては、贅沢この上ない。

「ありがたくいただきます！」

「どうぞ召し上がれー」

美味《うま》い。

これは今まで食べた刺身の中でも、特上級の美味《おい》しさだ。ご飯というのはそれを食すシチュエーションによっても美味しさは変わるのかもしれないけど、シチュエーションも含めて最高に美味しい。

「陽菜穂ちゃん、普段もこんな感じで飯食ってんの？」

「そうだねえ。漁期はどうしても夜に出てっちゃうから。もう慣れっこだよ。台所で生活してる感じ」

「台所で？」

「うん。面倒だし、ほら、あそこで寝たりね」

言われてみると、確かに台所の隅のほうに『巣』のようなひと固まりのスペースがあった。その一角にタンスや机やベッドがひとまとまりになっている。パーティションで形ばかりのプライベートスペースを保っているという感じだ。

「自分の部屋、ないの？」

都会の家よりはるかに敷地は広いし、外から見た感じ他にもたくさん部屋がありそうだったので、僕は怪訝《けげん》に思った。

「あったんだけどね。なんと、そこにはオバケが出るんだよ！」

「オバケ？」

「うん。一年ちょっとくらい前かな。私、すごく怖い夢を見て、倒れちゃったんだ。入院までしたんだよ？　で、そっからその部屋は父さんが入れなくしちゃった。そこにある家具は、そのときに運び出したやつだって」

「だって、って」

「私、そのときの前後の記憶がちょっと飛んじゃってて。だから、部屋で何が起こったとか、何も覚えてないんだ。でも、怖かったのは覚えてる、だから、私もあそこには入らないかなあ。っていうか、そもそもよほどの用事がない限り二階に上がらなくなったね、みんな」

ははは、と笑っているが、それって、オバケ屋敷に住んでるのと変わらないのでは、と。

まあ、実際にオバケがいるのかどうかは別にして、怖くないんだろうか。

「怖くないかっていうと、うーん、どうだろ。まあ、その一回きりだし、部屋を閉じてからは何も起こってないからねー」

そういうものだろうか。

まあ、都会と違って田舎にはまだまだこういった信仰や霊験、それに付随する不思議な、都会人から見るとちょっと非科学的な伝承や風習はあるのかもしれないし、オバケ話のひとつやふたつは身近なものとしてそこらへんにたくさんあるのかもしれないけど。

そんな話をしながら、美味しい食事に舌鼓を打ち、充実した時間を過ごした。

「なんなら泊まっていく？　オバケ部屋のある二階でよければ」

「いやあ、遠慮しとくよ」

オバケはともかく、こんな可愛い女の子とひとつ屋根の下で寝る、というのはオバケより怖い。僕が。

お礼を言って、明日も晴れたら海岸で、と約束して別れた。

今日の夕方の透明度を示すかのように、空にはきれいな星が瞬いていた。


「颯真くん、今度の土曜日、暇？」

ある日、突然陽菜穂からそんな誘いがあった。

基本的には夕方に海岸で会うだけ。この前夕食に誘われてから、時々そんな時間を持つようにはなったものの、今のところそれだけだ。

とはいえ、僕は陽菜穂に興味を、いや、好意を持ち始めていることを自覚していた。なので、彼女からの誘いを断る理由などない。

「ああ、昼間は基本暇してるよ。本があれば退屈しないしね。キャンプサイトで適当にやってるけど」

「そっか、じゃあ、ちょっと付き合ってくれない？　紹介したい人がいるの」

「え？　しょ、紹介って？」

親じゃないだろうな、と少し怯《ひる》む。まあ、たびたび家に招《よ》ばれて飯の世話になったりしてるし、毎日逢瀬を重ねている相手が得体のしれない風来坊、というのもよくないだろうから、妥当ではあると思うけど。

「早紀《さき》ちゃんがね、紹介しろってうるさいんだ」

「早紀、ちゃん？」

親じゃなさそうだ。誰だそれ。

「あ、早紀ちゃんはね、私の友達。高校でできた大親友なんだよ。でね、最近私が誰かと会ってるって聞いて、それなら紹介しろって、前から言われてたんだあ」

なるほど、彼女の友人か。まあ、こちらとしては特に異存はないけど。

「わかった、待ち合わせはここでいい？」

「うん、そこの道のほうで。お昼の一時でいい？」

その日はそんな約束をして別れた。

どことなく不思議な少女、岬陽菜穂。

彼女は最初風景の一部で、旅先で出会った一期一会《いちごいちえ》の関係。旅の醍醐味といえばそれまでだし、ここを去ればもう会うことはないかもしれない。

旅の道連れのような関係の人たちはこれまでもたくさんいた。彼女もきっとそんな人たちのひとりなんだろうな、と思っていた。

でも日々をこの地で暮らし、毎日逢っていると、それだけで距離はどんどん近くなっていく。もはや陽菜穂は、風景のひとつではなくなっていて、僕は彼女の姿をこの街に探すようになっていた。だから、彼女の日常に少しでも近づけることは、大歓迎だった。

少し浮かれた気分で、土曜日を楽しみに待つことにした。

翌日は雨が降った。

晴れたらまた陽菜穂とともに夕陽を眺めていただろう。しかし、厚い雲に覆われた太陽は、今日は顔を出しそうにない。天気予報を見ても絶望的だ。

雨の日は陽菜穂に会わない。会う理由が存在しなくなるからだ。

僕の感情はともかくとして、今のふたりは、まだグリーンフラッシュを見たいと願う同志の関係に過ぎない。

「雨だと野営は大変だぜ」

テントにはフライシートと言われる撥水《はっすい》性のシートがかけてあるので、雨でも大丈夫だ。

ただ、食事を作るにも湯を沸かすにも何かと不便をきたす。

こんな日は引きこもりもいいさ。

持ち合わせのインスタント食品で空腹をしのぎ、タブレットで電子書籍を読む。今はこの端末ひとつで多くの本を持ち歩けるので、かなり重宝している。

ふと、昔読んだ本を思い出す。

『緑の光線』というその本は、グリーンフラッシュを扱った恋愛小説で、かのSF小説の大家、ジュール・ヴェルヌの手によるものだ。

「自分と他人の心の中が見える、か」

それは、この小説の中で触れられているグリーンフラッシュに関する伝承だ。珍しい現象には、常になんらかのご利益《りやく》が紐づけられる。見ると幸福になる、というのも南の島の伝承らしい。

日本ではどうなのだろうか、と調べたこともあるのだが、これといって出てこなかった。

それというのも、グリーンフラッシュはハワイなどの南の島でよく見られるもので、日本での観測例は希少だったからだ。伝承にすらならないレベルで見ることが難しい、と言ってもいい。

だから、陽菜穂が持っていたあの写真も、日本で撮影されたグリーンフラッシュとしてはかなり有名なもので、僕にとっても大切なワンショットだった。

そして、それが撮影された場所がここだ。僕もその一枚を求めてやってきたのだが、まさか同じ目的をもった少女がそこにいるなんて、思いもしなかった。

「ま、僕と同じ変人なのかもしれない。あるいは……」

過去を忘れるほどの体験をしてみたいから、なんてことはないよな、と自嘲的になりながら、やっと沸いた湯でコーヒーを淹《い》れる。

ほろ苦い味が、同じような苦みの記憶を呼び覚ます。

楽しかった高校時代までの全てが、今は先の見えない不安と入れ替わってコーヒーのようなセピア色に代わっていくような気がした。

次の日、土曜日の午後、約束通りの場所に陽菜穂はいた。

そして、言っていたとおり、彼女の友人という少女も連れて。

「颯真くん、紹介するね。高校に入ってからできた私の親友。栖原《さいばら》早紀ちゃん。お医者さんの娘で頭いいんだよ」

「栖原です、どうも」

「あ、ああ、松崎颯真です。よろしく」

栖原早紀という少女は、陽菜穂とは対照的に、第一印象で愛想がいいとはいえなかったが、感じが悪いわけではなく、それはどちらかというとおとなしくて控えめな娘なのかな、という印象だ。

黒髪は三つ編みおさげに結われ、眼鏡をかけていて、背は陽菜穂より少し低い。学級委員長か生徒会役員、と言われれば似合いすぎるほどだ。

（お目付け役なのかな……）

僕は苦笑する。

早紀はさっきから露骨に警戒感のある目つきで僕を睨《ね》めつけている。

親友に悪い虫がつかないように、との思いかもしれないし、突如現れた得体のしれない旅人の男など警戒されて当然だから、それ自体はわかるけども、あからさまな猜疑の視線くらいはもう少し隠せばいいのに、と思ったりはした。

そういった微妙な空気はお構いなしに、陽菜穂は先頭に立って歩き始める。いいカフェがあるというのでついていくことにする。

自然、陽菜穂の後ろに僕と早紀が続くのだが、なんとなく気まずい。といって、何もアクションをしないというのもそれはそれで空気が悪い。

僕とてもともと対人コミュニケーションが得意なわけではないが、ここは年上だろうし、と勇気を奮い起こす。

「そ、その、栖原さんは陽菜穂ちゃんとは仲いいんだ」

「ええまあ。ずっと地元ですし、彼女とは……」

そこまで言って、少し言葉に詰まる。

「彼女とは高校で会って、なんだか意気投合したものですから」

「そ、そうなんだ。いいよな、友達って」

僕は思い出す。つい数か月前までの友人関係を。

そのときは本当に楽しかったし、そいつらとは一生楽しく付き合っていくのだと思っていた。

けれども、ただ受験に失敗した、という一点のみで、彼らと自分は違うステージに立つことになってしまった。ステージが異なることで、ここまで簡単に疎遠になるなんて、そのときは思ってもみなかった。

陽菜穂と早紀の友情関係は、この先どうなっていくのだろうか、と少しひねくれた感情が湧き上がってしまったことに、僕は慌てて首を振る。

「どうしました？」

「あ、いや、なんでもない。友達多そうだなって、彼女」

「そうでもないですよ」

「え？」

「少し変わってるので、親しくしてるのはあたしくらいでしょうね。学校でも、あまり誰かと会話するってことはないですね」

「そうなの？」

あまりに意外な早紀の言葉に、僕は驚いた。僕の知っている陽菜穂は、どちらかというと社交的で明るくて、テンションはちょっと突っ込み気味だけど、一緒にいて居心地がいい。友達など、自然と増えそうに思えるのに。

そして、早紀は無表情にしゃべる。陽菜穂とは対照的だ。

「着いたよ！　ここ、海が見えるオープンカフェで、この季節だといい感じなの」

そうこうしているうちに目的地へ到着する。

ウッドデッキにテーブルが並び、まさに観光地というようなカフェだ。といっても、ここはメインが温泉のようなので、それほど混んでいることもなく、程よくにぎわっている、という感じだった。

それぞれドリンクを頼み、ウッドデッキの一角に陣取る。

「じゃあね、あらためて自己紹介。私は岬陽菜穂。高校二年生、って今日初めて言ったかも」

「初めて聞いたな！」

高校生、というのはなんとなく思っていたが、あらためて聞くのは初めてだった。

ということは十六か十七歳ってとこか。

「栖原早紀です。陽菜穂と同じ高校で同じクラスです。陽菜穂がこんなんで危なっかしいのであなたのことを知っておこうと思って」

やっぱりお目付け役だった。

「ひどいよ早紀ちゃん！」

「ま、あたしの役目だからいいんだけどね」

などと言い合いながらも、ふたりの関係が良好なのは、初見の僕にもわかる。特に、早紀の陽菜穂に対する雰囲気は、自分に向けるものと明らかに違っていた。

ふたりはやいのやいのとしばらく言い合っていたので、それが収まるのを待って自己紹介をする。

「僕は松崎颯真。まあ、いわゆる浪人生で、旅人かな。ここにはしばらくいるつもり」

浪人生、という言葉も最初は抵抗があった。だが、今の自分の身分を示すには、この言葉が一番わかりやすい。

そう思うと、『学生』という身分はなんと安定して、誇らしく、気楽な身分だったのか、とさえ思う。『浪人生』には、未来の保証も今の安定もなく、ただ、何者でもない自分、というのを確認するだけなんだよな。

「浪人生と言ってもいろいろいると思いますが、おいくつですか？」

早紀が質問してくる。なるほど、確かに『高校二年生』よりは年齢が不詳だ。浪人生にも一浪から複数年浪人までいる。

「この春高校を出たばかりだから、学年でいうと君たちとふたつ違いかな。ほとんど変わらないよ」

「なるほど。来年はあたしたちも受験生ですし、身近な問題ですね」

「もう、早紀ちゃん！　そういう辛気臭い話をしに来たんじゃないんだよ！」

「陽菜穂も同じじゃないですか。進路決まったの？」

「うー……まだだけど」

「早く決めたほうがいいよ。って、まああたしもまだだけどね」

「早紀ちゃん、理系に行くんじゃないの？　医学部は？」

「いや、それはまだ決めて、ない……」

早紀の答え方は幾分歯切れが悪い。

「早紀ちゃん、私と違って成績優秀なんだし、どこでも行けるでしょ？」

「そうね、どこでも行けるからこそ、まだ決められないのよ」

「腹立つなあ！」

じゃれあうふたりの女子高生を眺めながら、僕もつい半年ほど前を懐かしく思い出す。

受験の結果が出るまで、よもや自分が不合格になるなど思ってもみなかった。成績は悪くなかったし、模試の判定もほとんどがAで、悪くてもB以下になったことはなかったというのに、この体《てい》たらくなのだ。受験に絶対はないと思いながらも、早紀のように自信満々だった自分は確かにいたのだ。

「で、今日の議題はせっかくなのでグリーンフラッシュです！　すごい！　こんなことをカフェで語れる日が来るなんて！」

陽菜穂はひとりテンションが高い。

「ま、毎日海岸で座り込んでる謎女子高生って、最近は有名だもんね、陽菜穂は。あまりに変人だから、かわいいのに男も寄ってこないと」

「早紀ちゃんだって寄ってこないじゃん！」

「あたしはお断りしてんの」

「ええ！　私その話聞いたことないんだけど！」

話は一向にグリーンフラッシュにならないが、まあ、女子がじゃれあっているのは眺めていて面白いものではあった。

「あ、ごめんね。えっと、颯真くんはいつからグリーンフラッシュを知ってるの？」

毎日海岸で夕陽を見ている仲だが、そういえばそんな話をしたことはなかった。いつも目の前の現象を追っかけて一喜一憂するのが精いっぱいだったから。

「いつから？　うーん、よくは覚えてないんだけど、結構子供のころかな。たぶん小学生くらいのときに写真を見せてもらって、それからだと思う」

たぶんそうだったと思う。子供のころの記憶なんてずいぶんと曖昧なもので、見聞きしたものなんかほぼ全部忘れている。誰もがそんなもんだろう。

「そっかあ。じゃあ私より大先輩だね。私は高校生になってからだよ」

「てことは、ここ一年くらい？」

「うん、私も写真がきっかけ。この前見せたやつ。あれがここで撮られたって知って、すごく見たくなって。ほら、オバケの話したでしょ？　あの後くらいかな」

「わかるよ」

まだはっきりとは言ってないが、僕とて陽菜穂と同じ目的でここを訪れているのだ。

だから、あの写真も既知のものだ。

ただ、僕が見たいと思う理由は、彼女とは少し違うかもしれなかったけど。

「陽菜穂、オバケの話したんだ」

「うん、したけど？」

「そう……」

早紀がそこに反応した。無表情なりに少し表情が陰ったように見えたが、それも一瞬で、すぐに話題は切り替わる。

「この時期は春霞《はるがすみ》もあるし、グリーンフラッシュを見るには少し条件が厳しいとは思うんですけど」

さっき、理系に進むのか、などと言われていただけあって、早紀にはそういう知識もあるみたいだ。

「グリーンフラッシュは透明度が高くて、上空と地上の温度差があるほうが見えやすいですし、もっと言えば、見ている人の位置と水平線、地平線との高低差なんかも影響しますから、山の上なんかから見るほうがいいのでは、と思うんですけどね。でも、陽菜穂はあそこで見るっていってきかないんです」

「ずいぶん詳しいね」

「ええまあ、興味のあることはすぐ調べる性格なんで。陽菜穂がうるさいですし、あたしは見せてあげようと思って意見してるんですけど」

「あそこで見ることに意味があるんだよ」

「ただでさえレアな現象なのに、あそこで見るなんてそれこそ奇跡的ってわかってる？」

「わかってるよ。だけど、願い続ければ夢は叶《かな》うってね！」

「だといいけど」

相変わらずポジティブな陽菜穂に、早紀はため息をつきながらクールにあしらっている。傍《はた》から見ていると凸凹《デコボコ》コンビだな、と僕は思う。だが、えてして正反対の性格のほうが友誼《ゆうぎ》は深まるのかもしれない。

「でも、場所にこだわるのもわかるな」

僕は陽菜穂に援護射撃をしてみる。

「あの写真、グリーンフラッシュの中ではけっこう有名な一枚だし、それに感銘を受けたんなら、そこで見たいと思うだろうし、何より地元ならなおさらだよな」

「そう！　毎日そこで挑戦できるところに意義があるの」

鼻息も荒く、陽菜穂は僕に同意する。

それにしても、ここまでグリーンフラッシュという現象に興味を持つ人物を、僕は他に知らない。もちろん、多くの写真が撮られていることから、それを狙って頑張っている人たちがいるのはわかるが、身近に見たことはなかったのだ。

「陽菜穂ちゃん……君はどうしてグリーンフラッシュを見たいんだ？　いくら地元でも、毎日あの場所でそれを待つ情熱って写真に感銘を受けただけ、じゃないんだろ？」

僕は、過去を塗りつぶしたい。あの写真と同じ場所で見ることには僕なりの意義があって、ある種のイニシエーションとしてそれが成れば、前を向けるような気がしてここにきていた。ただ、それが奇跡的なことであることは、早紀の言ったことが正しい。だから、『どうせ見れるはずもない。だから前は向けないんだ』という、暗黙の言い訳がそこにある。

では、彼女はどうなのだろう。

問われた陽菜穂は、しばらく黙っていた。そして、静かにその桜色の唇を開く。

「奇跡が、見たいから、かな」

「あ……」

そこにいるのは、さっきまでの陽菜穂とは別人のような、遠い何かを求めてやまない、そんな切なる願いを帯びた瞳と、微笑みながらもどこか寂しさを感じる口元。

奇跡は起こらない。誰もがそう思っている。でも、奇跡を願う人は、少なからず存在する。そんなものはそうそう起こらないと誰もが知っているのに、願う人が。

それらの人たちは、おそらくどんなに渇いてもどんなに欲しても届かない何かを抱えている人が多い、と僕は思う。そんな奇跡を求める人の前に立てば、僕の願いなんて後ろ向きもいいところだ。ちょっと引け目を感じなくもない。

陽菜穂も、僕の求めている願いなど霞《かす》むくらいの何かがあるのではないか。

そう思わせる遠い微笑みだった。

「ん？　どしたの？」

陽菜穂が一瞬垣間見せたその表情に引き込まれていた僕は、怪訝な視線でのぞき込む陽菜穂の言葉で我に返った。

「あ、いや、その、見れるといいよな、奇跡」

「まあ、奇跡なんてないんですけどね。あるのは必然だけ。条件が揃《そろ》えば見れるし、揃わなければどうやっても見れないんですよ」

間髪入れずに、早紀がロジックを展開する。

「夢がないよ、早紀ちゃん！」

「あたしはシビアな現実を受け入れて生きてるから。あたしのここまでの人生に、奇跡なんてなかったもの……」

しれっと、陽菜穂の批難を受け流す早紀。ただ、その語尾は小さく消えていった。

「そう、奇跡なんて、起こらない」

少し視線を落として、もう一度早紀は言った。

「ごめんね、颯真くん。早紀ちゃんいつもこうなんだよ。でも、だからこそ私はその奇跡を体験したいんだ。もうこれは意地だね」

グッとこぶしを握り締めて、陽菜穂は宣言する。

どうやら自分だけのためではなく、早紀のことも関係しているように思えたけど、そこは今のところは踏み込まないことにする。

しばらくふたりはやり取りをしていたが、そこで受ける印象は、陽菜穂はポジティブ思考、早紀は現実主義者、という感じだ。ただ、意見の食い違いは見せてもそこに険悪な雰囲気はなく、気の置けない友人なのかな、という雰囲気だ。

「ねえ、颯真くんはどうしてグリーンフラッシュを見たいの？」

不意に、陽菜穂が僕に振ってくる。僕が彼女に聞いたことだ、当然返ってくるだろうとは思っていた。けれども、それに対する答えを上手《うま》く表現できない。

僕は少し考える。

「そうだな……僕は、過去を消して上書きしたい、って感じかな。浪人生になってみて初めてわかることもあってさ、友達もいなくなるし、将来の先も見えない。なんだか、今までのことがちょっと虚《むな》しくなって」

「過去を消したい……って。それはとても悲しくないですか？」

僕が答えた瞬間、早紀が今までとは全く違う声音で反応した。

空気が震えた気がした。

「いや、そ、そうかな……そうかも」

その気に圧《お》されて、僕は思わず守勢に回る。二つほど年下の女の子の放つ威圧感にたじろいだ。

「早紀ちゃんまた怖い。ごめんね、時々早紀ちゃんすごく怖いの。でも悪気はないんだよ。うん」

「あんたはまた……はあ、もういいわ……」

陽菜穂がとりなし、早紀は肩を大きく上下させてため息をついた。

地雷を踏んだようだ、と僕は気づく。

今までもいろんな人との会話であったことだ。雰囲気でわかる。ただ、なにが地雷だったのかまではわからない。『過去』だろうか。

人の数だけ想いと人生があって、過去と未来がある。

僕の歩んできた道、受験の失敗、という結果は、まだこのふたりには未知のものでもあるし、そのつらさを共有することはできないと思う。

そして、同様に僕が彼女たちの想いや経験、あるいは問題を共有するには、まだ知り合ってからの時間も足りない。

だから踏み込めないし、踏み込む気もなかった。

「今日はだめだねえ」

陽菜穂が空を見上げた。

一般的に言えば、今日は天気はいい。

だが、雲が多い。

雲が多い日は大気の透明度が低い。そうなると、沈んでいく太陽は赤みを増すことになるが、グリーンフラッシュの緑色の光は、波長の長い赤とは反対で、波長が短い色だ。

つまり、夕焼けの美しい日には、波長の短い光は波長の長い赤色にかき消されて見えなくなるのだ。

「でも、今日も行くんでしょ」

早紀は半ば呆れたような顔だ。

「雨が降らない限りはね。雲の切れ間から見えることだってあるかもしれない」

「そいつは、すごい執念だ……」

思わずそんな言葉が僕の口を衝いて出た。

いくら地元だからといって、そこまで毎日通い詰めるのは、もはや執念といって差し支えないと思った。

朗らかに笑いながらも、そこに強い意志が宿っている岬陽菜穂という少女に、僕は間違いなく惹《ひ》かれていた。

日に日に僕の心に彼女のスペースが広がっていくのを感じている。恋とはまだ言い切れないもどかしさがあるが、少なくとも彼女のことがとても気になっている。

その日はほどほどに盛り上がり、ほどほどに解散となった。

「晴れたら、後でね」

そう言って別れたけど、天気は午後からも回復することはなく、篠つく雨が降り始めた。念のために夕方に海岸を訪れてみたが、浜辺に陽菜穂の姿はなかった。彼女のいない海岸に、僕はしばらくその影を探しながら眺めていた。


カフェで会った日から二日後の月曜日。昨日も今日も雨模様だ。陽菜穂は今日も海岸に姿を現さないだろう。自宅は知っているが、わざわざ会いに行くのもはばかられるし、そもそも理由がない。ただ、時折海岸をのぞきに行くしかなかった。

気が付けば、彼女がいるはずのない時間の海岸にも、いつも風景の中に彼女の姿を探している。

「まいったな」

これは惚れたのだろうか、と自問自答する。

同じ目的をもって、晴れている日だけとはいえほぼ毎日会っている。それだけでやっぱり距離は近くなるし、それが異性ともなれば心躍るのも事実だ。

そして、陽菜穂という女の子が気になる。その事実だけは、僕の心を満たし始めていた。

雨の日に彼女は来ない。グリーンフラッシュどころか、太陽すら拝めない日に雨に打たれながら海岸にたたずむ理由はないのだから、当然だ。

それでも僕は、その海岸に彼女の影を探してしまう。ほんの丸一日顔を見ないだけなのに。

「いや、まいったなあ」

もう一度同じことをつぶやいてしまうくらいには、途方に暮れていた。といって、グリーンフラッシュ以外の接点を求めて彼女の家まで行く勇気も行動力もない。我ながら、自分がどうしたいのか全くわからない。

僕は空を見上げる。今日も時折雨がぱらつき、空が今にも大きく泣き出しそうだし、雲は厚く、太陽を拝めそうな気配はない。

「雨が降らなきゃ来るとは言ってたけど」

とはいえ、確実ではない。晴れていたとしても体調の悪い日もあるだろう。

そんなことを思いながら、二日目の夕方になる今日、また海岸に足を向けてみた。

夕方も迫る平日の午後、天気も下り坂で太陽は顔を出さず、海岸へ向かう道は人もいない。

「いない、か」

いつもの場所に、彼女の姿はない。これぱかりは仕方がないし、明日は天気も回復する予報だ。キャンプサイトに帰って、飯でも作るか、と踵《きびす》を返した瞬間、そこに人がいた。

「うわ！」

「どうも」

あまりに気配もなく背後にいたので、さすがに驚く。

あらためてよく見ると、それは早紀だった。

「栖原さんか……びっくりした」

「やっと見つけましたよ。どこかでテント張ってるとは陽菜穂に聞いてたんですけど、さすがにこの辺のキャンプ場全部回るわけにもいかなくて。陽菜穂も連絡先知らないっていうし、まったく」

「え？　僕のこと探してたの？」

「まあ、このままだと面倒なことになりそうな気がしましたので」

「え？」

「あ、いいえ、こっちの話です。陽菜穂、カフェにいるんで来てください」

「あ、ああ」

なんだかよくわからないものの、渡りに船ではあった。ほどなくこの前のカフェが見えてくると、ウッドデッキのテーブルから陽菜穂が手を振っていた。

「ヤッホー、颯真くん。久しぶり」

「や、やあ」

丸一日ぶり、だろうか。昨日の夕方から会ってないだけなのに、ずいぶん時間が経った気がする。焦らなくてもたぶん明日には会えたと思うが、なんとなくほっとしている自分がいるのも事実だった。

「天気悪いねえ。今日も無理そうだし家にいようと思ったら、早紀ちゃんに連れ出されちゃったんだ」

「そ、そうなんだ」

「明日だと、ちょっといろいろね」

挙動不審気味に答える僕を後目《しりめ》に、早紀は相変わらず表情も乏しい。

「明日？　なにかあったっけ？」

「いいのよ、こっちの話だから」

陽菜穂の問いにもそっけない。早紀はやはり様子がおかしい。さっきも僕に同じようなことを言っていた。『こっちの話』とはなんなのか。

しかし陽菜穂は気にしていないようだ。もしかすると、僕にとっては奇異に映るもものの、ふたりにとってはよくあることなのかもしれない。それに、わざわざまぜっかえして訊《き》くようなことでもないような気もした。

このふたりと一緒に会うのはまだ二回目だ。

先日初めてこの三人で会ったときには感じなかったが、陽菜穂と早紀の関係は、なんとなく自分の知っている女子の関係とは違うような空気感があるな、と気づく。

陽菜穂は基本的にマイペースだが、早紀は常に陽菜穂の言動や行動に敏感に反応しているような気さえした。

（いや、思い過ごしだ。それに、僕はまだこのふたりをよく知らない）

そこまで思って、心中でもう一度冷静になるよう自分に言い聞かせた。

今の自分には他者に踏み込む余裕はない。もし踏み込んで、面倒な事情でも知ってしまったら、それこそ取り返しがつかない。

この地に来たのは自分のためであり、本来なら誰かと関わるような予定もつもりもなかったのだから。

ただ、この状況が嫌かというと、そうでもない。

陽菜穂が気になる、という一点は否定できない事実だからだ。それが恋愛感情なのか、全く別の興味なのかは、僕にもよくわかってないけど。

「ねえ、颯真くん」

「え？　な、なに？」

不意に呼びかけられ、僕は手にしていたカップを取り落としそうになる。

「グリーンフラッシュってさ、名所があるじゃない」

「あー、あるね、確かに。この近くだと福井の海岸のほうとかで見れるらしいし、沖縄とか石垣島《いしがきじま》のほうまで行けばもっと高確率で見れるっていうけど」

気象条件が整いやすい場所は、確かにあった。もともとハワイなど南国の島でよく見られる現象で、伝承もそのあたりのものが多い。

だから、写真作品として捉えたい、と願う人たちはそういった名所に通い詰めたり、泊まりこんだりして狙うらしい。

とはいえ、もともとが希少な自然現象だから、そうそう簡単に撮らせてはくれない、というのが実情だ。

「ここは名所にはならないのかなあ。あんなに素敵な写真が撮れたところなのに」

陽菜穂はまた懐からあの写真を見て眺めていた。

「グリーンフラッシュの多くは本州だと日本海側だから、チャンスはあると思うよ。まあ、実際にその写真が撮られてるんだから、可能性はゼロじゃない。僕もそう思ってここに来たんだから」

「だよね、でも、颯真くんはどうしてここに来たの？　同じ日本海側なら、さっき言ってた福井県でもよかったんじゃ」

「ん……ああ、まあ」

言い淀《よど》む。

僕にもこの地を選んだ理由はあった。ただ、なんとなく言いづらいのだ。

彼女があの写真を知らず、グリーンフラッシュを追っていなければまだしも。

「つまり、松崎さんも訳あり、ということなんですね。陽菜穂、あまり踏み込むものじゃないと思うよ」

「……そだね。人には人の事情ってものがあるし。グリーンフラッシュを追い求める仲間ってだけで充分かー」

んー、と背伸びをしながら、『この話はなかった』というような雰囲気になる。

「そういえばさ」

そして突然、陽菜穂は話の方向性を変える。

「キノコ鍋！　食べてみたいな！」

「へ？」

「ほら、最初に海岸で会ったときに言ってたでしょ？　キノコ採集してお鍋作ったことがあるって。そういうの、ちょっと憧れるんだあ」

「ああ、じゃあ、食ってみるかい？」

「食べれるの？」

陽菜穂のテンションが上がる。キノコなら山に入れば何か見つかるだろう。

「キノコって、秋じゃないんですか？」

「秋のイメージが強いけど、春にも生えるんだよ。今の季節ならハルシイタケ、ハルシメジ、アミガサタケなんかが食えるね」

早紀の言葉に僕は返す。確かに一般的には秋の味覚だが、それはおそらくマツタケが作り出すイメージであり、実は春夏秋冬それぞれいろんなキノコが山には生えるのだ。

「すごい！　詳しいんだあ。うわあ。アミガサタケってなんかちょっとグロいなあ。美味しくなさそう」

陽菜穂はさっそくスマホで検索したらしい。アミガサタケの画像を見て眉をしかめている。

「確かに日本だとあまり食用には使わないけど、干してスープなんかに使う感じで海外で人気らしいね。探せば結構そこらへんの山にもあると思う」

　ここらは自然が多い。ちょっと山に入れば春キノコは見つかるだろうし、海辺のキャンプばかりも芸がないな、と思っていたところだ。

　それに、早紀が以前言ったように、高いところから見るほうがグリーンフラッシュの可能性は高まる。もしかすると、山の上にいいポイントがあるかもしれない。

　陽菜穂はあの海岸で見ることにこだわっていそうだが、こういった現象は、見る場所にもかなり左右され、山の上では見えたが、海岸では見えない、などということもあり得る。

　現象を見ることのみにスポットを当てるなら、ほかのいい場所を見つけておくのは選択肢のひとつになるかもしれない。

　それに、なんとなく陽菜穂にキノコ鍋を食わせてやりたくなっていた。彼女が喜ぶ顔を見たい、という単純な想いが僕を行動に駆り立てようとしている。

「じゃあ、明日の朝から、山に入ってみるかな」

「キノコ採ってきてくれるの？」

「ま、ちょっと日にちもらうけどね。しばらく海岸には来ないかもしれないけど、美味しいやつ採ってくるよ」

「わあ、楽しみ」

陽菜穂は手を組んで瞳を輝かせる。一方で、早紀はいつもの如《ごと》く無表情に僕に問う。

「朝って、早くから行きます？」

「ん？　まあ、そうだね。低山でも山での行動は午前中、遅くとも午後の早い時間まで、っていうのが鉄則だからね。早めにキャンプできるところ探して、本格的なキノコ採りは二日目からかも」

「そうですか。じゃあ、山はこの辺がいいと思います。昔、父とキノコ採りに行ったことがあります。秋ですけど。登山口はここ。夜は日暮れと同時に柵が閉まりますから、下山の時間は注意してください。朝は六時から開いてると思います」

早紀がネットでこのあたりの地図を表示して説明してくれる。意外なところから情報が入ってきた。

「おお、ありがとう。地元民の情報は助かる」

「ありがと、早紀ちゃん。颯真くん、キノコ鍋、早紀ちゃんも一緒にいいよね？」

「ああ、もちろんだ。貴重な情報提供者だからな」

「いえ、お邪魔ならあたしは遠慮しますけど」

「もう！　そんなんじゃないし！　だいたい、そういうの、颯真くんに迷惑かけちゃうし」

いや、別に迷惑じゃないけど、と言いそうになって引っ込めた。さすがにそれはドン引きされそうだし早紀にも悪い。

この日は、美味しいキノコを採ってくる、と約束して、僕は先に帰ることにした。

明日早朝から山入りとなると、食料その他の準備もある。山の中は整備されたキャンプ場というわけにもいかないから、水の準備も必要だ。色々とやることがある。

「久しぶりだな、こんな気分」

何かをやろう、という気持ちが湧いてきた。

不合格を知ったあの日から何かにつけて無気力だった僕にとって、久々の前向きな行動だった。

少し、ワクワクすら感じていた。


早朝。まだ肌寒さの残る時間に、僕は早紀から教えられた登山口に来ていた。

「ちょっと早いか？」

そこには早紀が言っていたとおり柵があり、まだ閉まっていた。六時には開くと言っていたが、もうそろそろのはずだ。

「誰か開けに来るのかな」

自動で開くようには思えないから、きっと管理している人がいるのだろう。となると、ここは個人所有の里山なのかもしれない。

「教えてもらってきたけど、いいのかな、ここ」

「いいですよ、うちの山ですから」

「わあっ！」

「驚かないでください。せっかく開けに来てあげたんですから」

そこにいたのは制服姿の早紀だった。登校するには早い時間じゃないかな、と思ったが、なにせ田舎だ。高校が遠い、というのは十分にあり得る話だ。

「山持ちとは恐れ入る」

「あたしのじゃなくて、父のですけどね。この辺だと珍しくはないですよ。先祖代々小さな山や畑を持ってる人はたくさんいます。この山もそのひとつですし。それなりに手入れはしてありますけど、適当なところもあるから気を付けてください。キャンプはどこでしてくれてもいいですが、火だけは注意してくださいね」

「ああ、わかった。素人キャンパーじゃないから、その辺はしっかりわきまえてるよ」

「それはどうも。あとひとつだけ約束して欲しいことがあります」

いつもながらに無表情な早紀だが、このときばかりは、眼の光が真剣になったように思えた。

「何かな。山を使わせてもらうんだ。言ってくれれば守るよ」

アウトドアには様々な約束事があるし、私物の里山ともなれば、ローカルルールもあるだろう。それこそ、『ここは禁忌の場所だから行かないで』なんてものもあるかもしれないし、あったとすれば、立ち入らないという約束をするのは当然だ、と思っていた。

しかし、早紀の口から出たのは、僕でなくとも、およそどこの誰であっても予想できないものだった。

「必ず、明日の夕方までに陽菜穂の顔を見に来てください。雨なら、カフェに連れて行きます。必ずです」

「え？　なにそれ？　いや、どうせキノコ採ったら彼女のとこに行くつもりだけど」

「だから、それを明日の夕方までにお願いします。もし、キノコが採れなくても、一度戻ってきてください。でないと」

そこでいったん言葉を区切った。早紀は、逡巡《しゅんじゅん》しているようにも見えた。

「でないと……あの子に、い、い、殺されても、知りませんよ」

「えっ！」

それだけ言って、柵を開けた早紀は僕の返事も聞かずに、足早に駆け去ってしまった。

「殺され……？　何言ってんだ？」

しばしの困惑が僕を襲う。

「そんなこと、あるわけないだろ……」

一抹のうすら寒さを感じながら、僕は早紀が駆けていったほうをしばらく呆然と眺めていた。


スタート時に妙な言葉を投げかけられたものの、いったん山に入ってしまうとそんなことは忘れてしまった。

「いい山だ」

綺麗《きれい》に手入れされた山だということは、ひと目でわかった。個人の山だから案内標識も何もないが、頻繁に出入りしているのだろう、人が通った後は、自然と道となって僕を導いていく。

低山とはいえ、油断すると遭難する山もたくさんあり、あまりニュースにはならないものの、国内の山の遭難は低山の割合もかなり多い。

僕もルート取りは慎重にしようとそれなりの装備も持ってきたが、杞憂《きゆう》だった。

標高は地図を見ると二百メートルくらいだろうか。名もない峰の頂《いただき》は、数時間も歩けば登頂できた。

「うん、いいな、海も見える」

山頂は少し開けたスペースもあり、キャンプサイトにはもってこいだった。高山なら強風に飛ばされる危険もあるが、この程度の山なら問題はなさそうだ。

風よけに良い木に囲まれたスペースにテントを設営し、大きな装備はそこにおいて、いよいよキノコ狩りだ。

登ってくる途中にもよさそうなポイントは見つけておいたし、遠目にキノコを視認できるところもたくさんあった。

「お、天然エノキタケか。いいのが生えてる。こいつは……サケツバタケか。こっちはハタケシメジも。栽培してんのかってくらいあるな」

菌床をまいておけば、いい山なら勝手に群生してくれる。ちょっとした天然非常食になるので、もしかしたらそういう趣旨の山なのかもしれない。

「ま、毒のあるやつもちょいちょいあるな。それにしても、きのこの山かってくらいあるな。たけのこの里も持ってんじゃないのか、彼女」

表情に愛想がないが、家族がこんな山を持っていて、そこを紹介してくれるというのは、なかなかにサービスがいいとも思えた。

そして、ふと早紀を思い出すと同時に、あの言葉が脳裏によみがえる。

――あの子に殺されても、知りませんよ――

「なんなんだよ、いったい」

気にするな、というには無理な、刺激的なひと言だ。

陽菜穂の持つ雰囲気からは、最もかけ離れた言葉だ。

それとも、友人の早紀だけが知っている激しい一面があるのだろうか。

僕と陽菜穂の関係はといえば、まだ出会って間がなく、共通項はグリーンフラッシュという特殊なものだが、心身の距離はまだ近いとは言えない。近くなれれば、という思いでのキノコ採りでもあるが、その気持ちに冷や水をひっかけられたような気分だ。

ほどほどに採取を済ませ、一日目の夜を迎える。

早紀の言葉に従うなら、今日が唯一の山泊で、明日の夕方には海岸に戻らなくてはいけない。

「いい夕陽だ」

山頂から眺める海の方向へ、太陽が落ちていく。

今日は空が赤い。グリーンフラッシュの可能性は少なそうだが、それでも、沈みゆく太陽が水平線の下に隠れるまで見続けてしまう。

「今日も、彼女はあそこに座ってるんだろうな」

夕陽の光の下で彼女に会わないことが、不自然にさえ思えてくるほどに、夕焼けの色と陽菜穂のシルエットは僕の記憶に焼きついていた。

「アミガサタケがないな」

昨日試しに採ったキノコは、昨夜の夕食となった。どれも美味で、陽菜穂に提供するのに問題はなさそうだったが、ひとつお目当てのキノコが見つからなかった。陽菜穂が『美味しくなさそう』と言っていたキノコだ。しかし、だからこそ採って帰って美味しく食べさせてみたい、という衝動に駆られる。

ところが、意外と見つからない。

食用可能といっても、日本ではスーパーに並ぶような食材としての地位はない。この里山がある程度菌床によるキノコ栽培をしているとすれば、アミガサタケはそのリストにないだろう。てことは、正味の天然物を探さないとだめか。

分布は日本全土とはいえ、この山に生えているかどうかはわからない。見つかってくれるといいけど。

「ま、そういうところがフィールドワークの面白さなんだが……」

早紀の言葉に従うならば、午後には下山をしなくてはならない。

キノコの鮮度を考えると、本格的な採集は午後にするとして……となると、今日の午前中にはアミガサタケを見つけたい。ところが、ほうぼう回ってもまるで見つからない。

「ほかのやつは結構あちこちに見るんだけどなあ」

アミガサタケ自体はものすごく珍しいキノコではない。といっても、広い山の中でピンポイントで見つけるとなると、結構大変だ。

下山するならそろそろ他のキノコを収穫して降りる準備をしなくちゃいけない。

しかし、僕は見たかった。アミガサタケを食べる陽菜穂の顔を。どういう感想を持つだろうか、と。

今日の夕方に必ず海岸で会う、という約束を陽菜穂としているわけじゃない。この山に入る直前に、早紀が変なことを言ったから気になるだけだ。

「まさかね」

そういう思いしかない。

確かに、世の中の事件はふとしたことで起こるし、日々どこかで凄惨な事件は起きているのかもしれない。場合によっては、理由などものすごくつまらないことということもある。

ただ、人はそういったことは自分の周囲では起こらない、という正常性バイアスが働く。僕にとっても、それは例外ではなかった。

アミガサタケを探そう。必ずあるはずだ。

僕は、下山を明日に延ばした。早紀への手前、忠告を無視する罪悪感は少しあったが、それから陽が落ちるまで探し回った結果、アミガサタケも無事見つけたし、達成感とともに、次の朝目覚めたときにはそんな不安も消えていた。


翌早朝からマッピングしておいたキノコの群生地を回り、鍋の素材を嬉々《きき》として集め、僕は街へと降りてきていた。

天気は快晴で、今日も陽菜穂は海岸にいるのだろう。

元のキャンプ地に戻って装備の整備をして、陽も傾き始めた頃に海岸へと向かった。

空はまだ青く、これから徐々に茜《あかね》色に染まっていく雰囲気を出していた。

そういえばいつ鍋にしようか、という相談はしていなかった。今日すぐでもできるよう準備はしているし、明日でもいいな、とは思っていた。彼女たちにも学校や家庭の事情があるだろうし、勝手には決められない。一応保冷剤とともに保存しているので数日は保つだろう。僕は陽菜穂に見せるため、いくつかのサンプルを持っていく。

海岸へ行くと、砂浜のいつもの場所に陽菜穂が座っていた。傍らにもうひとり佇む影がある。早紀だろう。

いつものように近づいていくと、早紀がいち早く僕に気づいて視線を投げかけてくる。

「あ」

その視線に何やら非難めいたものを感じ、僕はちょっとバツの悪さを感じた。あの忠告を無視したことを怒っているのかな、とは容易に想像できる。

だが、早紀は何も言わずに、僕が近づいていくのをただ見ている。陽菜穂は気づいていないのか、こちらを振り返ることもない。

何か、変だな。

そう思った。足音を消しているわけでもないし、ここ数日の関係からすれば、こうして近づいてくるのは僕だ、というのは陽菜穂にもわかりそうなものだ。ならば、振り返って、あの屈託のない笑顔を向けてくる、と期待するところなのだが。

「や、やあ」

陽菜穂の後ろまで来て、僕は声をかける。早紀はまだ何も言わない。陽菜穂はゆっくり振り返る。

「…………？　えっと、あの？」

怪訝そうにする陽菜穂。

「え？」

まるで、今日初めて会った、というような顔をしている。

違う。知っている陽菜穂じゃない。わずか数日とはいえ、この陽菜穂は山に入る前に会っていた陽菜穂と雰囲気が違う。

でも、見た目は全く同じだ。声も一緒だ。ただ、受ける雰囲気が違っていた。

どういうことだよ……。

僕は混乱する。

笑顔で迎えられることしか期待していなかったのに、ここにいる陽菜穂が投げかける視線は、『あなたは誰ですか』という視線だ。

ここまで頭の中で感じた時間は、きっと一瞬だろう。でも、僕の体感ではものすごく長く感じられて、背中に嫌な汗が流れる。心臓の鼓動も速くなり、周りの景色がゆっくり流れる気がした。

救いを求めるかのように、僕は早紀のほうを見た。

早紀は、きつく口を一文字に結んで、僕を睨《にら》んでいた。女子高生が見せる表情とは思えないほど鬼気迫っていて、ぞくり、とした。

そして、薄く笑った後に、声に出さずに、その口の形がこう動いたのが僕にはわかった。

――ほら、殺されちゃった――

第二章　早紀と陽菜穂

《陽菜穂》

「えっと……」

誰だろう……思い出せない。

こうやって親しげに声をかけてくれるのだから、きっと、私の知っている人だろうに、どうしても思い出せない。

――まただ――

頭の中にもやがかかったような、そんな感覚。

どこを探しても、この人の顔が見つからない。

「松崎颯真さん、キノコは見つかりましたか？　ほら、〝颯真くん〟帰ってきたよ、陽菜穂」

颯真、くん？

早紀ちゃんは知ってる人なの？　じゃあ、私は知ってた人？　キノコ？

私は必死で記憶の海を泳いでいく。暗い暗い海の中。

この瞬間はいつも気持ち悪い。どうしてこんな場所が私の頭の中にあるんだろ。

しばらく泳いでいると、光が見えてくる。映画が始まる前のカウントダウンの数字のように明滅を繰り返す。

キノコ。キノコ。キノコって……ああ、たしか、キノコ鍋のお話を誰かとしていた。

誰と、いつ、どこで？

ここ数日の出来事を、私は記憶の海の中から拾い上げる。こうしていると、そのうちはっきりとその間の行動が全部思い出せるようになる。それはまるで映画のように詳細に、外からそのシーンを眺めるように見ることができる。

ただ、思い出せないことが混じってる。人の記憶だ。こうやって記憶を遡及《そきゅう》するまで、誰かを忘れたことにさえ気づかない。

ああ、これだ。きっとこのとき一緒にいる、『顔の見えない人』が、『颯真くん』なんだ。

「あ、あ、えっと、キノコ！　そうだキノコ鍋！　颯真くん、いっぱい採れたの？」

私は記憶を切り貼りして、仮定の人間関係を作り上げる。

やっぱりこの人のことは思い出せないけど、早紀ちゃんがくれたヒントを当てはめると、きっとこういうことなんだろう。

でも、合っているかどうか、私にはわからない。だから、いつも相手の様子をこわごわ確認するところから始まる。

「あ、ああ、キノコ、たくさん採れたよ。ほら、アミガサタケも」

颯真くんは手にした袋にひしめく、たくさんのキノコを見せてくれた。

アミガサタケ、あの、ちょっと気持ち悪いキノコもある。

そう、私はこのキノコを知っていて、スマホで調べたことも覚えている。

早紀ちゃんはそこにいた。もうひとり、誰かいた？　ダメ。顔も、どんな格好かも思い出せない。ただ、何か気配みたいなものだけ感じる。きっとこの人。

この人は颯真くん、で合っているみたい。いつ、どこで出会った人かな。

私は最近の出来事を時系列で思い出そうとする。

でも、いつもすぐに出てこないし、結構精神的に消耗するから、あまりやりたくない。

「キノコ鍋、いつ食べる？　二、三日なら鮮度も持つけど、早いほうがいい」

「ここで？」

颯真くんは私のこと変だと思わないのかな。

こういうことが起こるとみんな変な顔をする。しばらくすると、何もなかったような感じにはなるけど、その度《たび》に、私は私の記憶を信じられなくなる。でも、私には忘れたことすら意識できなくて、周りから見たら薄情な女、みたいな感じなのかもしれない。

だから、人は私の周りから離れていく。気がつくと親しい友達なんていなくなってた。でも、なんでかわからないけど、早紀ちゃんだけは、ずっとそばにいてくれる。だから、早紀ちゃんは私の大事な大親友なの。

今はもう、できるだけ人と接したくないと思っていたのに、どうしてこの人と私は知り合いになったのだろう。

「グリーンフラッシュでも見ながら食べたいところですよね」

え？

早紀ちゃん、なに言ってるの？

でも待って。

グリーンフラッシュ……それは私の大事な夢と希望。

ああ、そうか、きっとこれだ。

その単語が消え去っていた行動の記憶を思い起こす。やはりそこには、誰かわからない人がいる。

こういうとき、私は記憶を捏造《ねつぞう》する。そのきっかけはだいたい早紀ちゃんのひと言。

私はいつも通りグリーンフラッシュを見るためにここにいたのだろう。そして、ここにこの颯真くんが来た。

「ふふ、そんな奇跡があったらいいな。じゃあ、明日、ここで食べる?」

私は早紀ちゃんの情報と、記憶の中にいる顔のない人、颯真くんらしき人との体験に話を合わせせる。たぶん、大きな齟齬《そご》は出ていないと思う。

「わかった、明日の夕方準備してくるよ」

大丈夫みたい。

でも、やっぱりちょっと戸惑っただろうな。だって、私は戸惑っている。いきなり知らない人にキノコ鍋を食べるか、って言われたんだもの。

違う。知ってる人……知ってた人、なんだよね。たぶん。

でも、久しぶりだな、この感覚。

最近、ずっとなかったのに。

ないようにしていたのに。

私は、いつも誰かを忘れる。忘れたことにも気づかない。

いつからこうなったんだろう。

忘れるのは『誰か』だけ。だから、私は記憶のピースを無理やり繋げて、その『誰か』を知り続けているようにして生きている。でもやっぱり限界はあって、たくさんの人との繋がりを、私は知らないうちになくしていってるんだと思う。
私の頭の中にあるデリートキーは、私の意志に関係なく押し続けられている。
ごめんね颯真くん。
きっと、今の私は、あなたにとってふたり目の私なんだよ。

《颯真》

陽菜穂の様子がおかしい。

そして、早紀はあきらめたような笑みを浮かべて言った。

——ほら、殺されちゃった——

声には出していないが、口の形がそう動いていた。明らかに、陽菜穂には聞かせず、僕にわかるように。

頭が混乱する。

この娘は確かに岬陽菜穂だ。容姿も声も何も変わっていない。ただ、雰囲気だけが違う。

まるで初めて会ったような、いや、初めて以上に、何か違和感を覚える。

早紀が僕の名前を教えると、陽菜穂の雰囲気が変わる。

思い出したのか？　いやでも、忘れるか？　普通は忘れないだろう。

僕は助けを求めるように早紀のほうに視線を向けるが、早紀は、口元に人差し指を立てて目配《めくば》せするだけだ。話を合わせろ、ということなのだろうか。

結局はここで明日食べよう、という話になった。

でも、僕にはその明日がとても不安な未来に映った。明日、ここにきてまた陽菜穂がさっきみたいな顔をしていたらどうしよう、と。

たまたま来た土地で出会った少女だ。この地を離れた後、きっともう接触することはない。旅の出会いは一期一会。それが醍醐味だとは思う。

でも、陽菜穂は違う。

僕の中で、陽菜穂は確かに大きな位置を占めるようになっていた。それなのに、たった数日前に一緒にいたのに忘れたりするものか？

早紀が『グリーンフラッシュ』という単語を出してからは、ほとんど前の陽菜穂に戻ったように感じる。

話の流れに矛盾はない。僕の気のせいだろうか。

でも、なんだろう、この気持ちの悪い感覚。それに、早紀の『殺された』という言い方。

気になりはするものの、大っぴらにそれを問うこともできず、そうこうしているうちに、あたりは暗くなってきた。

「さ、今日はもう帰るね。ねえ、明日、何時ごろからお鍋するの？　私たちは、学校終わってここに来れるの、夕方の四時くらいかな」

「あ、じゃ、じゃあそのころから始められるように準備しておくよ」

屈託なく話す陽菜穂は、いつもの陽菜穂に見える。やっぱり僕の思い過ごしだろうか。

　でも一度覚えた違和感は、そう簡単には消えない。

「うん！　早紀ちゃんもそれでいい？」

「いいわよ。松崎さん、何か持ってきたほうがいいものありますか？　調味料とか」

もう陽菜穂の様子は今までと変わらない。明るくて朗らかで物怖《ものお》じしない、ちょっと踏み込み気味だが、それがかえって心地いい、あの陽菜穂だった。

「じゃ、じゃあ、ポン酢とか、よかったら少し器もあるといいな」

「そうですか、じゃあ、ちょっと取りに来てもらってもいいです？　さすがに学校に持っていけないし、取りに帰ってると明日遅くなっちゃいます」

　渡りに船だ。僕としても彼女とふたりになれるのは好都合だ。ひとまず、早紀の好意に乗ることにして、少し彼女と話がしたい。彼女は何か知っている。

三人で歩き始め、途中で陽菜穂とは別れた。

その間の会話にも変なところはなく、普通にグリーンフラッシュの話で盛り上がったりもした。そのころには、僕自身の中にある違和感もかなり薄らいでいた。

とはいっても、やはり確認しなくてはならない。

陽菜穂に何が起こって、早紀は何を知っているのか。

別に行きずりの人間関係だ。このまま無難に鍋を食って、そのまま距離を取ればそこで終わりの話だ。

だけど、すでに陽菜穂に好意を抱いていることを自覚している僕には、その選択肢がない。僕はただひたすらに、彼女との接点を深める道を選んでいた。

それに、なんとなく、この状況に背を向けられない気がしていた。

「どうぞ。ここ、待合室なので、座っててください。父はいま往診に行ってると思うので、しばらく誰もいませんから」

「あ、ああ」

陽菜穂が、早紀の親は医者だと言っていた。確かに、ここは『栖原《さいばら》診療所』という看板が掲げられている。

とはいえ、街で見かけるような近代的な建物ではなく、古く黒くなった板張りの外装がもはや貫禄《かんろく》さえ感じるほどの古い建物だ。サスペンスホラーなんかだと、絶対何か起こりそうな雰囲気すらある。

僕は、そこの待合室に通されていた。

たたずまいは外装に負けず劣らず古めかしい。

内装もやはり板張りで、街で見かける白い壁の綺麗な病院とはかけ離れた雰囲気だ。

ただ、地域診療をずっと担ってきたんだろうな、という凄味は感じる。

しばらく待っていると、早紀が戻ってきた。

手提げのかごに調味料や食器類を入れてくれていた。

そして、それらを僕の横に置くと、ちょうど診察室を挟んで向かい合わせになっている待合室の椅子に、つまり僕の正面に彼女は座る。

「ま、調味料が本題だと思ってきたわけじゃないですよね」

「まあね」

ここ数日接してみてわかったのは、栖原早紀という娘は、相当に利発で頭の回転が速い、ということだ。そして、どうやら早紀と陽菜穂の関係は訳ありだろう。ついさっきの出来事を考えると、そう思わざるを得ない。

「陽菜穂ちゃんに、僕は殺されちゃった、ということなのかな」

単刀直入に、彼女の言い回しを入れて聞いてみた。

「そういうことですね。ご愁傷さまです」

しれっと、表情も変えずに言う。その言い様に少しムッとしなくもないが、彼女の表情を見ていると、ただ無愛想だったり怒っている、というような感じには見えない。どこか悲しげな瞳が、僕のいらだちかけた感情を抑えた。

「説明してくれるのかな。彼女に何が起こって、僕はどうすればいいのか。君は何か知ってるんだろ？」

山に入る前と降りてからで、まるで世界が改変されたかのような感覚だ。それくらいの衝撃を受けた。

そして、山に入る前の早紀の感じからして、彼女はこうなる可能性を知っていた。

「松崎さんがあたしとの約束を守らなかったからですよ」

「う……」

批難がましい目で早紀は僕を見つめてくる。そして、それを言われるとぐうの音も出ないのだが。

「た、確かに忠告を聞かなかったのは悪かった！　でも、まさかこんなことになるとは思ってないじゃないか。いや、普通は思わないよ」

「殺されるかも、って言いましたし」

「だから、その表現自体が、尋常じゃないだろ。僕は冗談か何かと思って」

「冗談、だったら、あたしも気が楽だったんですけどね」

そう言った早紀の表情には、諦念が浮かんでいた。高校二年生の女の子がするには、ちょっと早いのではないか、と僕でさえ思うほどにわかるものだ。

「あなたにどこまで言っていいのか、正直悩んでますよ。忠告はしたものの、まさか本当に一日ずれて帰ってくるなんて、思ってなかったですし」

「ちくちく責めないでくれよ……アミガサタケを探していたんだ。彼女に食わせてみたくて」

「そういうことでしたか。ま、陽菜穂のことを考えてくれたっていうなら、それはそれでチャラでいいですよ。でも、その代わり、面倒なことになっちゃいました」

「面倒なこと？」

早紀はこの前も同じことを言っていた。

今なら、陽菜穂のあの感じを見ていて、ああ、そのことだな、とわかるくらいではある。だが、僕にはまだその実際が見えない。

「気づいたと思いますけど、たぶん陽菜穂はもう、あなたのことを覚えてません」

「……どういうこと？」

さっき会ったときの、まるで初めて会ったような陽菜穂の様子を思い出す。僕の感じた『まさか』、は事実なのか？　あらためて言われると、胃の腑《ふ》から何かがこみあげてくるような、背筋に嫌な感覚が走る。

「詳しいことはよくわかりませんが、彼女は一定期間会わない人を忘れます。どれくらいの期間、というのも正確ではないんですけど、だいたい三日」

「三日……」

早紀が山から下りて来い、と言っていたのは二日後だ。そこを僕は三日に延ばしてしまった。

早紀はそれを忠告してくれていたのだ。

「そういうことか……でも、それなら、もっときちんと伝えてくれても」

「言えると思います？　言ったところで信じます？『この子は三日で人のこと忘れますから』なんて。それに、できれば人に知られたくないことですし、そもそも、これは陽菜穂の重要なプライバシーに関わります。大きく触れ回っていいものでもないんです。だから、それとなく伝えたのに」

「う……」

それとなく、が、殺されるという表現もないもんだとは思うが、確かに早紀の言うとおり大っぴらに言えるものでもない。まして、どこの誰ともわからない旅人の僕だ。

でも、もし本当に三日程度会わないだけで人のことを忘れるとなると、普段の生活は大丈夫なのだろうか、と余計な心配をしてしまう。

自分に置き換えたとき、例えばちょっとした連休でもあれば、クラスメイトに三日会わないなど普通に起こる。直近のゴールデンウィークはどうやって乗り切った？　夏休みは？　冬休みは？　疑問は尽きない。普段の人間関係に絶対に問題が起こる気がする。

そして、この栖原早紀は、陽菜穂にとってどういう存在なんだろう。

「君は、どうして陽菜穂のそんな秘密を知ってるの？」

好奇心には勝てないし、僕には知る必要があった。

陽菜穂自身に聞けないなら、早紀に聞くしかない。

「陽菜穂がああなった原因も、その症状を見ているのも、この診療所だからですよ。あたしだって、無関係じゃない。でも、あなたにはまだこれ以上は言えない」

ぞくり、とした。

早紀という少女は、初対面ではおとなしそうな、でもちょっと理屈っぽい学級委員か生徒会役員か、という印象だった。

でも今、目の前にいる早紀は、別人のような圧がある。それはまるで、修羅をくぐってきた戦士のような威圧感だ。こんな小さい身体《からだ》のどこにそんなものが宿っているのか、と思うほどに。

「当面あなたにできること、そして、あたしが望むことは、明日、陽菜穂に美味しいキノコ鍋をごちそうしてもらうこと、です。その先は、またその時の風が吹くでしょう。それから決めます」

じゃあ、と、早紀は席を立った。

話はこれまでだ、ということなのだろう。

用意された籠を持って、僕はすごすご退散するしかなかったのだ。


翌日、少し早めに海岸についた。

まだ彼女たちはいない。

「ここって火、使ってもいいのかな」

一応見渡してみるが、禁止看板などは立っていない。

そもそも、海水浴場でもキャンプ場でもない、ただの砂浜だ。

特に整備もされていないし、普段誰もいない。

直火をするわけでもないので、もしダメでも目を瞑《つむ》ってもらおう、と腹をくって準備を始める。

といっても、下ごしらえはキャンプ場でやってきたので、後は湯を沸かしてだしを入れ、キノコが煮あがるのを待つだけだ。

特にアミガサタケは緩い毒素を持っているとも言われているので、よく熱を通さないといけない。

キノコだけでは芸もないので、近所で白菜と鶏肉を買ってきておいた。

あとはいつでも食材を放り込めるように準備し、彼女たちの到着を待つことにした。

夕方の四時くらい、と言っていたので、あと少しある。

そして、待っている間にも、昨日の陽菜穂の様子が脳裏によみがえる。

今日もあんな状態だったらどうしようか。

いや、そもそも本当に人のことを忘れるのなら、この約束だって忘れるんじゃないか。

三日以内なら大丈夫っていうけど、本当にそうなのか。

いろいろな疑念や疑問が頭を横切っていく。

僕はここでいったい誰を待っているんだろう。そんな不安が頭をもたげてきたときだった。

「颯真くーん、ヤッホー」

堤防上の道から海岸へ降りてくる陽菜穂が、こっちに向かって手を振っている。その傍らには早紀もいた。

それを見た僕はホッとする。少なくとも、陽菜穂は昨日のことは覚えていて、昨日の僕を知っている。

でも、出会ったころの僕は？　昨日の早紀の話が事実なら、彼女の頭の中で、その僕はどこへ行ってしまったんだろう。でも、どんなに考えたところで人の頭の中なんて見えるはずもない。

「自分と他人の心の中が見える、か。グリーンフラッシュにそんな奇跡が本当にあればいいのに」

ジュール・ヴェルヌの小説に出てくるグリーンフラッシュの伝説を思い出す。

なるほど、あの作品では意に添わぬ婚約者の気持ちを知るためなのかなんなのか、お嬢様はグリーンフラッシュを求めて旅に出てしまうわけだが、僕も今やっとその心境がわかった。

人の心の中は、他者にはわからない。当たり前だし、それでいいと思う。

でも、自分に深くかかわる人の心の中を垣間見たい、と思うのは、それはそれで当然だろう。ただ、それができてしまうと、また別の問題も起こるのかもしれない。

だから、『奇跡』という形で一瞬垣間見える他人の心、というのがちょうどいいのかもしれない。

「待った？」

「いや、今さっき来たところだ」

とやり取りを交わして、デートかよ、と内心で自己ツッコミした。

早紀は、昨日のことなどおくびにも出さず、普通に僕と陽菜穂に接している。

彼女と陽菜穂の関係については、まだ何も話してくれていない。僕がわかっているのは、高校に入ってからの親友、という陽菜穂の言葉のみだ。

ただ、今日の陽菜穂は、最初に会ったときと似たような雰囲気だ。これが本来の彼女なのだろう。僕の知っている陽菜穂なのだと感じて、少しほっとする。

もともと人の少ない海岸なので、それほど奇異な目で見られることもなく、キノコ鍋パーティーは始まった。

陽差しは暖かく、西に傾き始めている。海から吹く風は涼を与えてくれ、キノコ鍋で火照った身体を冷ましてくれる。

アウトドアで食べるには、ちょうどいいコンディションだ。

「美味しい！　普通に美味しいね」

「だろ。あまり店に売ってないようなキノコもあるけど、食えるキノコって、実はたくさんあるんだ」

「うーん、お米が欲しいよ。おにぎりでも準備すればよかったねえ」

陽菜穂は無邪気に喜んでいる。早紀も、相変わらず無表情ではあるが、「美味しいですね」と感想くらいは漏らしてくれる。

「颯真くんと知り合ったおかげで珍しいもの食べれたなあ。アミガサタケって、見かけはアレだけど、美味しいんだ」

「ま、調理方法にもよるんだけど、鍋やスープには向いてるらしくてね。生食はだめだぜ」

「そうなんだ」

陽菜穂はアミガサタケを箸でつまんで眺めながら、へえ、と感心している。

「それにしても、結構おなか一杯になるものですね」

早紀もそれなりに満足してくれているようではある。ただ、昨日のことや、山に入る前のこともあって、僕はちょっと彼女に苦手意識を持っていた。とはいえ、彼女のフォローがなくては、昨日陽菜穂と関係を修復するのは難しかっただろう。

早紀はいったい陽菜穂のなんなのか、そして、僕に対して、なにを思っているのか。ちょっと謎めいているのだが、そこがより興味を引く。

早紀に対する興味と、陽菜穂に対する興味。これはたぶん、僕の中で別種のものだ。前者は好奇心、という言葉で説明できるが、後者は今はまだなんとも表現できないでいる。

いや、薄々は気づいているが、それを確証できるような経験と根性が僕にないだけだろう。

「今日はグリーンフラッシュが見れそうな気がする。美味しいもの食べたし！」

「そんなので見れたら誰も苦労しないでしょうに」

陽菜穂と早紀は以前と変わらずじゃれあっているように見える。ただ、その光景が、昨日の早紀を見た後だと、どこか不自然にも思える。


――ほら、殺されちゃった――


早紀はそう言った。

それが、人の記憶をなくす、ということを指していることは、理解した。

だが、その表現方法は過激だ。

昨日一晩、僕は考えていた。

記憶ってなんだろう、と。

もともと自然が好きだし、不思議なことも好きだ。グリーンフラッシュに惹かれるのも、アウトドアが好きなのも、根底はそこにある。

そして、最も身近にある不思議、それが人体であり生命だ、と思っている。

でも、記憶に関して考えたことは今までなかった。

一晩思考遊戯に浸っていて、それは悪い気分ではなかったが、早紀のあの言葉を考えるたびに、あるひとつの解釈に行きあたる。

誰かのことを忘れるというのは、その人の中で、その誰かは存在しなくなった、ということなのではないか。それを、早紀は『殺される』という言葉で表現しているんだろう、と。

しかし、それにしても、親友の陽菜穂に対してその表現は厳しいな、と思う。そこが、なんともぬぐい切れないものとなって、僕の感情を刺激する。

僕にはまだこれらの対応術が浮かばない。経験したことがないし、普通は経験しないだろう。

でも、僕は陽菜穂に好意を持っている。単純に、好きな子ができた、といっていい心持ちだ。

なら、少し向き合う努力をしてみたいと思う。

「陽菜穂ちゃんは、どうしてグリーンフラッシュを見たいの？」

前に同じ質問をした。彼女は覚えているだろうか。

「え？　それ、前にも颯真くんに聞かれた気がする」

「そ、そうだっけ。いや、僕忘れっぽくて」

笑ってごまかす。彼女はそのことについては覚えている？　いや、覚えているふりをしている？　どっちだ？

僕は早紀から聞いた推測を、自分でも確認したかった。

「ふふ、奇跡が見たいの。ただ、それだけ」

それでも、陽菜穂はもう一度言ってくれた。

奇跡、という言葉。

同じ答えだ。確かに人以外の記憶はあるようだ。でも、最初に聞いたときの印象と今では、ずいぶん変わって聞こえる。

彼女の望む奇跡、というのが何なのか、僕は気になってしまった。

「どんな奇跡を、陽菜穂ちゃんは望んでいるのかな」

少し、踏み込んでみた。早紀の反応は特にない。許容範囲なのだろう。

「うーん……幸せな時間に満たされたい、かな」

少し考えてから返ってきた返事は、抽象的だ。

僕は少し考える。

「陽菜穂ちゃんは、幸せじゃないってことか？」

ピクリ、と早紀の表情が反応した。グレーゾーンなのか？

「ううん、幸せ。今も幸せだよ。でもね、何かが足りない気がしているの。それに、時々、幸せじゃないこともあるよ。だから、ずっと幸せな時間が続いてほしい。それって、私にとっては奇跡のようなことだから」

　陽菜穂は、海の向こうに視線をやりながら、寂しそうな微笑みを浮かべてそう言った。

　彼女は自分の記憶の問題について、気づいているのか？　それとも？

　僕はそこが気になる。

　今の言いようはどうにでも解釈できる。もし、記憶がどこかで障害を起こすなら、連綿と続く時間の中で、分断が起きる。それは幸せなことではないだろう。

「人生って、浮き沈みの連続だから、確かにそれは奇跡だよな」

　僕は、当たり障りなく受け答えした。すると、陽菜穂は静かに首を振る。

「そういうんじゃないんだ。ちょっとうまく説明できないけど、いいことも悪いことも起こるのは、しかたがないの。でも、全部ひっくるめて、到着するところが幸せでありますように、って。でも、そのためには、私には、何かが……」

　陽菜穂はそこで言葉を切った。その先に続くはずだった言葉は、たぶん、足りない、だろう。何が足りないんだろう。

　僕は考え、早紀の方にも視線を送ってみたが、早紀は、ふい、と視線を逸《そ》らした。聞くな、ということか。

　そもそも、幸せというものには計量単位がない。これくらいあれば幸せだ、とかいうものでもない。

だから、やはり陽菜穂の言うことは抽象的になる。具体的でなくてはならない理由もないし、願い事なんてそんなものかもしれない。

自分だって、グリーンフラッシュを見たいという理由を、胸を張って言えるかと問われれば怪しい。陽菜穂に聞かれた時、『過去を消したい』などと言ってしまった。それを彼女は覚えているだろうか。

今ならわかる。早紀がそのときに言った『悲しいこと』という意味も。

その日は鍋を楽しみながら、夕暮れを待った。

やはりグリーンフラッシュは見ることはできず、早紀の提案で、それぞれ連絡先を交換して解散、となった。

キャンプ場に戻り、使った食器などを洗いながら、考える。

記憶がなくなる、ということを。

陽菜穂自身がどう感じているかはわからないし、『人の記憶だけ』をなくす、という感覚は、当然ながら僕にはよくわからない。

何かを忘れる、なんてことは、日常でもよくある。

忘れ物をしたり、ふと、度忘れして人の名前が出なくなったり。長く会わなかった人が記憶の彼方へ消し飛んでいる、なんてことも当たり前のようにある。

僕だって、たまの親戚の集まりで『大きくなったねえ、この前会ったときはこんなに小さかったのに』なんて言われても、僕から見るとその人は初対面にしか思えない。子供のころの記憶なんて、ほぼないに等しい。

もしかして、昨日の陽菜穂はそんな感じだったのだろうか。僕が想像できるのは、こんなケースしか思い浮かばない。

つまり、記憶とは本人が好むと好まざるとにかかわらず、日々整理されて、忘れていいものは忘れてしまうようにできている。本でそんなことを読んだ気もするし、ネットでいろいろ調べても似たようなことが書かれている。睡眠とは脳の記憶の整理時間だ、と。

すべてを事細かく覚えている必要はないし、それは不可能なのだろう。

でも、三日ほど会わないと人の記憶を失う、というのはどうなんだ。

「病気、になるのかな。診療所でみてると言っていた。じゃあ、陽菜穂は自覚しているのか？　薬とかで防げたりするのか？」

不確定要素の多い情報でいくら考えても、答えは出ない。

問題は、これから僕はどうしたいのか、だ。

これを機に、この場所から去っても別にかまわない。

僕もこの地でグリーンフラッシュを見たいという気持ちはある。でも、それ以上にややこしい事態に巻き込まれるのを良しとするのか、というところだ。

「普通ならここで消えるのが旅人として正解なのかもしれんよなあ」

これまでもたくさん旅先で人に会ってきた。

その全てを覚えているわけではないし、もう一度会おう、などということも起こらない。

すべては一期一会の思い出として残るだけで、印象の薄い人たちなどもう思い出すことすらできない。たぶん、もう一度会っても記憶の搾《しぼ》りかすの中からすら見つけ出せないだろう。

今日の陽菜穂は、どんな感覚で僕と会っていたんだろう。

想像してみると、それはとても不思議な感覚だった。

陽菜穂にとって、僕はいったい誰なんだろう。

突然現れた旅人であることは、今も前も同じだろう。

ただ、ほんの数日前まで確実に知っていたのに短時間で完全に忘れる、という状況は、さすがに僕も経験したことがない。

その上で、早紀のフォローがあったとしても、無理やり記憶のピースをはめているだけなら、その中で、僕という存在はどういう位置づけになっているんだろう。

「これは……もしかすると、とてつもなく不思議なことに、僕はいまぶち当たっている？」

そんなチャンスは二度とないかもしれない。持ち前の好奇心が膨らんでいく。

おまけに、陽菜穂に対して、僕はたぶん興味以上の好意を持っている。

「踏み込んで、いいんだろうか」

食器を洗いながら考える。ふと空を見上げると、星が瞬いていた。

「宇宙の不思議もすげえけど、身近な人間ってのも不思議なんだよな」

グリーンフラッシュも、自然の悪戯と言っていい現象だし、月食や日食だってそうだ。特に日食は太陽と月の奇跡的な配置が織りなす幻想的な天文ショーだ。

天体の運行はすべて物理学と数学で計算され、遥《はる》か未来の天文ショーも予測されている。それこそ、お隣のアンドロメダ銀河と、僕らの銀河系が将来は衝突するだろう、という予測すら成り立つ、というのを動画サイトで見たこともある。

でも、グリーンフラッシュに予測は一切成立しない。だからこそ、みんなそこに奇跡を重ね、陽菜穂もそれを見たいと願う。僕だってそうだ。

「運命とか宿命とか、鼻で笑っていたことのほうが多いけど、ちょっと信じてみてもいい気になってきたな」

どうせ、先の予定が立たない身分だし、現実から逃れてここに来たんだ。

それなら、この少し非現実で非日常な体験を見届けてもいいかもしれない、という気になってきた。

まだ、それは小さな興味からの好奇心という域は超えていないけど、陽菜穂と僕のグリーンフラッシュという接点には、何か運命的なことを感じなくもない。

だって、グリーンフラッシュのことを誰かと語り合うなんて、今まで経験したことがない。だったら、この先にも新しい経験が待っているのかもしれない。

それは、期待と不安が入り混じった感情だった。でも、僕は一歩進んでみることを選んだ。それが、僕のグリーンフラッシュなのだと信じて。


夜もまだ遅くならないうちに、食器は洗い終わった。早速、交換した連絡先で早紀に食器をいつ返したらいいかメッセージを送る。

すると、すぐ返事が来た。

『今からなら大丈夫だから、診療所へ来てください』

「ま、早いほうがいいか」

長く預かるにもテントは狭いし、持っていくのにそう手間はない。それに今日、陽菜穂に接してみて、あらためて早紀に聞きたいこともある。

夜道は暗いし、荷物もあるので、ヘッドライトを装備していく。都会のように街灯が多いわけじゃないし、早紀の診療所のある辺りは奥まっているから特に暗い。

ゆっくり歩いて小一時間ほど。『栖原診療所』の看板が見えてきた。

到着すると、また待合室に通される。

「ちょっと待っててください」

食器を引き取った早紀は、そう言って奥へ消えていく。

薄暗い非常灯の照明だけがついていて、待合室は陰気な感じがする。

これでも昼間は人が多いのだろうか、それとも、それほど患者も来ないのだろうか。

ほどなく早紀が戻ってくる。昨日と同じように、僕の正面に座った。

「松崎さん、あなた、これからどうするんですか？」

「どうする、とは？」

「陽菜穂にまだ付きまとうんですか？」

付きまとう、とは穏やかではない表現だ。僕は少しムッとして、言い返す。

「それは君の許可が必要な問題なのかな、栖原さん」

「別に。あたしはただ、どうする気なのかを聞きたいだけです。あと、前から言おうと思ってましたが、名字呼びは好きじゃないので早紀でいいです」

「じゃあ、早紀ちゃん、それを聞いてどうするんだよ」

「聞いてからお話しします」

平行線だ。なんだか理不尽な気もするが、早紀の表情を見ていると、譲る気はなさそうだ。

ここは年上の僕が一歩引くのが正解だろうな、と、深呼吸して気持ちを落ち着かせる。

なんせ、僕は部外者だ。陽菜穂のことは早紀のほうがよく知っているだろうし、僕は早紀が知っている陽菜穂のことを知りたい。つまり、立場は僕のほうが弱い。

「……僕の目的はグリーンフラッシュを見ることだ。そして、そのポイントは陽菜穂ちゃんと同じなんだ。だから、必然的に関わることになると思うよ」

「そうですか。そのポイント、別のところにしてもらうわけにはいきませんか?」

「なんで? 君は陽菜穂ちゃんと僕を遠ざけたいわけ?」

「遠ざけたいというか、正確にはこれ以上関わってほしくない、という感じです。すみませんが、もう一度殺されてください。そのまま彼女との接点がなくなれば、あたしの悩みも減ります」

「それはずいぶん一方的な話だね」

さすがに、飲めない。

そもそも、早紀は陽菜穂に隠れてそんなことを言う権利があるのか。

「あなたがこれ以上陽菜穂に関わると、きっと今以上に陽菜穂が悲しい思いをするんです」

「悲しい思い？」

「そうです。陽菜穂は、あなたのことが誰だかわかってないんですよ？　最初の出会いなんかもう忘れちゃってるんです。でも、あたしがヒントをあげたから、無理やり記憶を作り直しただけなんです。といっても、それもあたしの推測なんですけどね」

「そうか……やっぱり、彼女はそれ以外の記憶はあるんだな」

「ええ。松崎さん、今日探っていましたね？　同じ質問したりして」

バレている。やはりこの娘は頭がよく回る。

「あーもう、むしろあなたの頭をぶんなぐって、陽菜穂の記憶を消し飛ばしたほうがいいでしょうか」

真面目な顔をして早紀は言う。彼女なら本気でやりそうな雰囲気もあって、僕は慌てて頭をかばう。

「い、いや！　暴力はやめてくれ！」

「冗談ですよ。半分」

半分は本気らしい。

「ただ、あたしはもう陽菜穂が苦しんだり悲しんだりするのを見たくないんです。もし、松崎さんが陽菜穂の深いところに入り込んだとしても、三日ほど会わなきゃ間違いなく忘れるんです。それはもう証明されましたよね？　あなたがどんなに陽菜穂に興味を持とうとも、仮に陽菜穂があなたに恋をしようとも、あなたはここからいずれいなくなる。その後、あの子はどうなるかわかります？」

「ぐ……」

想像はできない。だが、もし本当にそうやって忘れてしまうとなれば、そう遠くないうちにここを去るのが確定的な僕は、陽菜穂に踏み込んではいけない存在なのだろう、というのはわかる。早紀が言っていることには、一片の正しさはある。

でも、だからと言って引き下がることはできない。グリーンフラッシュをあそこで見るということは、僕自身の想いにも関わることだ。

「陽菜穂ちゃんのことはともかくとしても、僕もあそこでグリーンフラッシュを見たい。そこは譲りたくない」

「どうしてそこまであの場所にこだわるんです？　あそこで前にグリーンフラッシュが撮影されたのは、陽菜穂から見せてもらった写真で知ってますけど。あれはそんなにすごい写真なのですか？　他の地でも、いえ、むしろここよりも確率の高い場所はたくさんあるじゃないですか」

早紀の言うことはいちいちもっともだ。グリーンフラッシュに対する知識もしっかり持っている。そして、それはおそらく陽菜穂のために身につけたのだな、というのもわかる。

でも、僕にもここで見る理由がある。

僕は胸ポケットから一枚の写真を出して、早紀に見せる。

「あれ？　これ……陽菜穂が持っているのと」

「そう、同じだよ」

「まあ、だからこそここに来た、っていうんでしょうけど。別に驚きはしないですが」

そうだろう。それだけなら。

でも、この写真にはもうひとつ、彼女たちが知らない秘密がある。

「それなりに有名な写真だから、これを見たことがあるって人は多いさ。でも、これを撮ったのが僕の父親だ、っていうと話は変わってくるだろ」

「え」

さすがに早紀の無表情が崩れた。意表を衝かれた、という感じだ。彼女の無表情を突破したことで、僕は少し勝者の気持ちを味わう。

「この写真は、父さんがここで撮った写真なんだ。で、これを撮って一年後、僕が六歳のころに事故で死んじまった。父さんは写真家でね、あまり家にいなかった。いないのが普通で、せいぜい年に数回会うくらいだった。撮影の旅先で事故に遭って死んだ、と聞いたときも、どこか遠い世界の出来事に思えたくらいに。だから、僕は父さんのことを朧《おぼろ》げにしか覚えていない。これは、いわば形見みたいなもんさ」

「そう、なんですか……」

早紀が困惑の表情を見せた。

ただのミーハーなら追い返せただろう。でも、僕にも譲れない理由がある。それを知ったら、早紀だってそれ以上は言えないはずだ。

ただ、それと陽菜穂のことは別問題として考えなくてはならない。

彼女にとって僕がなんらかの面倒ごとになる可能性が消えるわけではないのだ。

「ごめんなさい。そうですよね、人にはそれぞれの事情があります。こちらの事情を押しつけるのは間違っていました」

「あ、いや、別にいいんだよ」

打って変わってしおらしく謝ってくる早紀に、僕は少し恐縮する。

「じゃあ、あたしはどうすれば……」

無表情だった表情が悲しみをたたえた苦悶《くもん》の表情に変わる。どうやら、早紀にも何かいろいろあるっぽい。

「なあ、こうしたらどうだろう。僕は今まで通り夕方にあそこへ行くし、きっと陽菜穂ちゃんもそこにいるだろう。僕はグリーンフラッシュが見れても見れなくても、路銀が尽きたら帰らざるを得ない。僕はまあ、忘れられてもいいから、その間だけでも彼女の友人として認めてもらえないかな」

「忘れられてもいい、か」

早紀は何かに耐えるように爪を噛《か》んだ。

「それは、覚えておける人の傲慢ですよ。忘れてしまうことによって、陽菜穂が救われるわけじゃないんです。検証したわけじゃないですけど、あたしの推測では、陽菜穂が忘れるのは人だけなんです。だから、行動記憶は残ってる。誰ともわからない人と、何かをした記憶だけは残ってるんです。だから、あなたの存在を提示したとき、陽菜穂は記憶を無理やり繋げることができた」

推測、という言葉をまた使った。

そして、さっきは陽菜穂が無理やり記憶を作り直すと、今は、無理やり繋げる、という表現をしてきた。

「推測、ってどういうことなの？　ここは、陽菜穂を診ている診療所じゃないのか？」

「確かに、見ていますよ。父は陽菜穂のことはただ見守るだけで、なんの診察も治療もしていません。でも、明らかに陽菜穂の記憶はおかしくなるんです。それなのに

……！」

早紀は感情的に声を荒げる。クールだと思っていたが、こんな一面もあるのか。

「……すみません」

ふと冷静に戻る早紀。

ということは、陽菜穂に対して治療をしているというわけではないのか。

「なあ、陽菜穂ちゃんは病気なのか？」

記憶に障害が出る病気はたくさんある。僕も気になることはすぐに調べるたちなので、昨夜いろいろ検索した。

有名なところではアルツハイマー認知症などがあるけど、陽菜穂ちゃんはそういうのではなさそうだ。今持っている少ない情報だと、思い当たる病名にはいきあたらない。

「病気、と言えばそうかもしれませんが、確定診断は出ていません。父が何もしないので」

「何もしないって……」

「あたしに様子を見て報告しろ、とは言います。でも、それだけ。陽菜穂をここに招《よ》ぶこともなければ、精密検査をするわけでもないです。父は、陽菜穂をモルモットのように観察しているだけ」

どうやら、親子の仲は複雑のようだ。

「もう……つらいんです……あんな陽菜穂、見てられなくて……あたしにできることは、あの子がせめて周りとおかしなことにならないように見守るだけで……」

「お、おい、泣くなよ」

早紀が大粒の涙を流しはじめて、僕は焦る。

これまでの早紀と違って、感情が表に出ていて、どっちが本当の早紀なんだろう、と。

女の子に目の前で泣かれるような経験がない僕は、しばし呆然とそれを眺めることしかできない。

「こんな狭い世界しかない地域です。ほとんど、知り合いなんです。でも、その中で陽菜穂はたくさんの人を、きっと忘れてる。これからも忘れていく。どこでぼろが出るかもわからない。あたしだって、いつかフォローしきれなくなると思ってた。でも……」

すんすんしながら、早紀は涙を拭いて呼吸を整える。

「あなたが来たことで、一気に限界を超えたんです」

「え？　僕？」

「そう。あなたはこの地域の人じゃない。さっき言ったように、いつかいなくなる。どうせいなくなるなら、陽菜穂の傷が浅いうちにいなくなって欲しい。これ以上入ってこないで」

少し感情的になっているのか、早紀の論旨はまとまらない。

言いたいことはわかる。ただ、陽菜穂についてわからないことが多い。ここで当事者じゃないふたりが言い合っていて、解決するものでもないと思うのだが、早紀は水際で僕を防ぎ切りたい、ということなのだろう。

「少し、考えさせてくれないか」

今何を言い合っても、全部平行線だ。不確定情報も多すぎる。

僕はしがない浪人生だ。でも、バカじゃない。

判断をするためには情報が必要だ。

この日は話を切り上げて、僕はテントへ帰った。

気が付けば二十二時で、どうやら二時間ほど話していたらしいが、その間、医者だという親父《おやじ》さんの気配もなかった。

「田舎、か」

都会とは違う。人と人が隣り合って、それぞれがなんらかの影響を及ぼしあって生活が営まれている。

さもありなん、と、街を見て思う。

都会人から見ると、どうやってここで生計を立てているのだろう、と思うようなところがなくはない。

狭い世界、と早紀は言った。

空を見上げると、都会は広い世界なのだろうか。

じゃあ、もう夏の星座がひしめいていた。

「ここで引き下がると、僕の記憶にモヤモヤが残っちまう」

好奇心と知識欲に関しては、僕は貪欲なほうだ。

まして、陽菜穂とは同じ目的を持った同志でもある、と、勝手に思っている。

「放っておくのも寝覚めが悪い。ただ、グリーンフラッシュを見るために来ただけの旅だったけど、思いのほかやることが多そうだ」

僕の行動方針は決まった。決まってしまえば、あとは動くだけだ。

「毎日陽菜穂に会って記憶を維持させながら、もっと彼女を知ることだ」

そもそも、まだ陽菜穂の記憶云々《うんぬん》の話は早紀からの伝聞でしかない。確かに、陽菜穂の様子がおかしかったのは感じた。

でも、情報は当事者が一番持っている。陽菜穂に本当のところを聞きたい。

問題は、どうやって切り出していくか、だな。

テントに寝そべってそんなことを考えているうちに、東の低い空にはもう秋の星座が昇ってきていた。

そうだ、自然も宇宙も、一歩も立ち止まることなく時を刻む。時の過ぎゆくままに立ち止まっているわけにはいかない。

僕も、陽菜穂も。

翌日、色々考えていて、思わぬ夜ふかしをしてしまったので、ゆっくり起床してから、朝食をとった後に陽菜穂にメッセージを送った。連絡先を交換しておいてよかった、と思うところだ。

『今日は土曜日だし、学校は休みだろう。ちょうどいい。

今日の午後、海岸以外で会いたい。ふたりで』

送ってから、ちょっと意味深なメッセージになっちまったかな、と思ったが、昼ごろに返信があった。

『じゃあ、カフェで。二時ごろには行けると思う』

二時、つまり十四時だ。僕のようにアウトドアをするような連中は基本二十四時制を使うし、場合によっては三十時制を使うけど、一般的には十二時制なんだよな、と

こんなときは思う。

また昨日一晩考えていた。『記憶』というものについて。

人はどこまで記憶が必要なんだろう。

生まれてからしばらくの記憶は、たぶんほとんどの人にない。

幼少のころの記憶だって、よほど印象的なこと以外、全部忘れている。事実、父が亡くなった六歳までの僕の記憶の中に、父親の印象はほとんどない。普段留守がちだったこともあって、僕の日常に父はいなかった。

それ以外にも、今まで起こったすべての出来事を覚えているわけじゃないし、行ったところをすべて覚えているわけでもない。出会った人をすべて覚えてもいない。

でも、今の日常になんの問題もない。僕はずっと僕であり続けている。

それが『記憶』の一面だ。

一夜漬けだが、記憶の種類も覚えた。

短期記憶、長期記憶、意味記憶、エピソード記憶、手続き記憶、調べてみるといろんな階層に分かれているらしい。とてもすぐに理解できるものではないけど、自分に照らし合わせながら、表面的な理解はなんとかできた。

そう、今日は陽菜穂に、『記憶』の話をしたいのだ。

それを聞いてから、僕は立場を決めたい。

早紀の言うとおり、早々に立ち去るのがいいのか、それとも。

だから、今日は早紀には内緒で会う。そもそも許可の必要はないのだけど、念のため、『早紀ちゃんには内緒で』と、添えようかと思ってやめた。陽菜穂に余計な警戒心を起こさせるかもしれなかったし。

その時間まで、僕はむさぼるようにネット上にある『記憶』に関する記述を読んだ。いろんな謎があり、わかっていること、わかっていないこと、どちらもたくさんある。

記憶にまつわる病気や障害もこんなにあるのか、と驚くばかりだった。

ただ、現状早紀から聞いている範囲の情報で、『人の記憶のみ忘れる』というものに当てはまる病気は見当たらなかった。無論、僕のような素人の検索ではヒットしない病気もたくさんあるだろうけど。

そんな予備知識をたくさん蓄え、時間の少し前にカフェについた。

土曜日の午後ということもあり、人はちょっと多かった。

これだけ人がいると、僕にとって見知らぬ人でも、陽菜穂にとっては知ってる人、という可能性があるくらいには、きっとこの街の世界は狭い。

そして、早紀の言葉を信じるなら、陽菜穂はそんな人たちを三日ほどで忘れる。

これは、どれくらい生活に支障が出るのだろう。

僕たち都会人は隣に誰が住んでるかも知らなかったりするし、他者と深く関わらなくても、最低限の生活ができる。一期一会で忘れてしまう人たちの重なりの中に社会がある。

忘れてもいい人とそうでない人。そこに何があるのか。そして、忘れてはいけない人を忘れる、となれば、それはどういう状況を作るのか。

いろいろ思考整理しながら、陽菜穂に何をどこまで聞くのがいいかシミュレーションしてみるが、それも所詮は思考遊戯に過ぎない。

そんなことも陽菜穂の姿が見えた瞬間、すべてが消し飛んでしまった。

「あ、ヤッホー、颯真くん」

僕の姿を見つけた陽菜穂は、ひらひらと手を振りながら、柔らかい笑みを浮かべる。

レジで注文をし、受け取ってから僕の待つテーブルに来た。

「今日はお誘い、何かな？　どうせ会うのに海岸じゃダメだったの？」

陽菜穂にとって、僕と夕方会うことは既定路線になっているようだ。昨日の陽菜穂と今日の陽菜穂の間に、僕という存在はまだちゃんといる。

何から切り出そうか、一晩悩んだ末に、やっぱりこれだろう、という切り札から先に切ることにした。

「実は、これ、僕も持ってる」

「あ」

あのグリーンフラッシュの写真だ。

「だよね、やっぱり。でないとここに見に来ないよ。でも、あれ？」

その写真を見て、陽菜穂は何かに気づいた。

「これ、ほんとのプリント？　私のは切り抜きだけど……」

そう、これは本当のプリント。原板からの写真印画だ。

デジタル全盛の今ではもうあまり見ることはなくなったけど、こうやって専用紙にプリントして本当の『写真』として見たときの存在感は格別だ。

そして、『原板』にしかない解像力や奥行きがそこにはある。

「すごい……」

陽菜穂はしばらくその写真に見入っていた。

「同じ写真なのに、全然違うよ。これ、すごいね。どこで買ったの？　私も欲しいな」

やはり、陽菜穂はこの写真に食いついてきた。紙の切り抜きと、原板からの印画ではそれほどの差がある。

「買ったんじゃないよ」

「え？」

「この写真、撮ったの、僕の父さんなんだ」

「え？　えええええ！」

カフェのデッキに響き渡るほどの大声で、陽菜穂は驚いた。慌てて口を手で覆う。

「といっても、僕の記憶に父さんはほとんどいないんだけど」

「…………！」

写真を手にしたまま、陽菜穂の身体が少し震えた気がした。

「ど、どういうこと、なのかな」

記憶にない、に反応した気がする。僕は続ける。

「僕の父は、僕が六歳のころに事故で死んだんだ。写真家であちこち放浪してたから、あまり家にいなかったし、ほとんど僕の記憶にない。正直、顔もはっきり思い出せなくて、今覚えている父さんの顔は、写真でしか見たことがない」

「そう、なんだ……」

陽菜穂の顔が少し曇る。まあ、普通に聞いても笑顔で聞く身の上話ではないが、陽菜穂の場合、もうひとつの特殊な事情が彼女の心に引っかかるのだと思う。

「僕はこの前も言ったように浪人生だ。受験に失敗して、お先真っ暗だった。高校時代の友人とも疎遠になって、ひとりぼっちで四月を迎えたんだ」

僕は陽菜穂に、今の自分をまずさらけ出そうと思った。彼女に踏み込むための、これは前哨戦《ぜんしょうせん》だ。

「そんなときに、父さんが撮ったこの写真を思い出した。父さんのアトリエだった部屋に、今も大判の写真が飾られてる。毎日のように見ていたこの写真なのに、なんだか突然すごく惹かれたんだ。僕は、この地でグリーンフラッシュを見なくちゃいけない。なんだか、そんな気持ちになった。だからここへ来た」

陽菜穂は黙って僕の話を聞いている。表情はいつになく真剣で、そして不安げだ。

「僕は幼いころからこの写真を見ていた。でも、感じるようになったのはつい最近だ。そう、受験に失敗して、すべてを失ってから。今はこの光景を見ることが僕の希望で、そしてスタートだと思っている。すべての過去を、こいつで塗り替えたいと思ってここに来た」

「過去を、塗り替えたい？」

「そう。すべてなかったことにして、新しい自分になりたいと思って、来たんだ」

「そ、それは……！　それは……」

何か言いかけて、陽菜穂は言い淀んだ。

「と、思っていた」

「え？」

そう、本気でそう思ってここへ来た。でも、少し方向性が変わってきたんだ。

「過去は過去だ、変わらない。消したとしても事実は残るんだ。だから、僕はグリーンフラッシュを見ることで、前にだけ進もう、と今は思っている。君は？」

「わ、私……？」

「奇跡を見たいといった。君の奇跡の、本当の部分を知りたい。だから僕は今、君に話した」

「何を言ってるのか、わかんないよ……」

困ったような顔で、陽菜穂はうつむいた。

いや、わかっている。彼女は、自分の秘密に僕が気づいているのではないか、と、感じているはずだ。

早紀の推測が当たっているのかどうか。陽菜穂自身が自分をどう感じているのか。そのあたりの手掛かりが少しでも欲しい。今は状況証拠しかないから、次の選択肢を選ぶことができない。

僕が今持っている選択肢は、『ここから去る』か『とどまる』かだ。まずはこの単純な選択肢を選ばなくてはならない。そのための判断材料は、たぶん陽菜穂が持っている。

「僕がキノコをもって海岸に行った日のこと、覚えてるよね」

「え？　ええ、もちろん。だって、つい一昨日《おとつい》の話だよ」

この日からずっと僕たちは会っている。つまり、早紀の言う『三日ほど会わなければ忘れる』はクリアしている。

そこで、僕は畳みかける。

「じゃあ、君が僕にキノコ鍋を食べてみたい、って言ったことは？」

これは、僕が山に入る前に彼女が言ったこと。でも、早紀の言うことが正しければ、このときの僕のことはもう忘れているはずだ。そして……。

「も、もちろん覚えてるよ！　ほら、自分で採って食べるのが醍醐味だし、だから私もグリーンフラッシュの写真を自分で撮りたいんだよ、って、言ったじゃない」

それだ。それが聞きたかった。この前の質問も含めて考えると、早紀や僕の推測はたぶん当たっていた。

彼女の記憶の中に『エピソード記憶』はしっかり残っているのだ。

僕には難しいことはわからない。ただ、一夜漬けで知った記憶の中にエピソード記憶の話があって、これは経験や体験に紐づく記憶だ、と書かれていた。

そして、ここには意味や感情や、場所や時間といった情報が記録されている、という。

彼女の中で、この体験は確かにあって、会話内容も覚えている、ということだ。それなら。

「そこに、本当に僕はいたのかな」

「え？」

途端に陽菜穂の表情が陰りを帯び、狼狽《ろうばい》する。

「そこに、僕はいた？」

「い、いたよ、きっと、たぶん、えっと」

嘘《うそ》がつけない娘なんだ。そして、それなのに嘘をつき続けている。

おそらく、松崎颯真、という情報と、彼女自身の体験を必死で紐づけて『記憶のようなもの』を作り上げたのだろう。そして、それには常に早紀からの情報が必要だった。

ここには早紀がいないので、その傍証を得ることができない。そこに真正面から突っ込んだことで、陽菜穂の偽りの記憶の牙城の一角が崩れたように見えた。

いや、偽りの記憶ではあるが、それは本当にあったことでもある。今回は、情報が正しく作り直されているからだ。

でも、陽菜穂にとって、それはものすごく曖昧でふわふわしたものなのだろう。

だから、面と向かってそこを抉《えぐ》り出された時、一気に確証のないものに変わってしまう。

「落ち着いて、陽菜穂ちゃん。責めてるんじゃない。確認してるだけなんだ」

「え？」

「一昨日、キノコを持って君に会ったとき、僕は強烈な違和感を覚えたんだ。あのとき、君は僕の顔を見てこう言っていた。『この人は誰だろう?』って」

「え……!　い、言ってないよそんなこと!」

「口ではね。でも、目は口ほどにものを言い、って知ってるか?　君の表情と視線は、そう言っていた。もっとも、すぐに記憶を繋ぎ合わせたみたいだけど」

「そ、颯真くん……!　あの、それは、その!」

図星を突かれた陽菜穂は、あからさまに動揺している。

僕としては、その反応が見たかった。ようやく、僕の中の推論と状況が符合していく。あとは、確証を得るだけだ。

「怖がらないで。僕は、今から君に踏み込む。迷惑だったらごめん。でも、同じグリーンフラッシュを求める仲間だと思ってる。君の欲しい奇跡と、僕の欲しい未来は、同じグリーンフラッシュの中にある。だから」

踏み込ませてほしい、とは言えない。僕はそこで言葉を切った。踏み込ませてほしい、というのは許可を求める言葉だ。違う、僕は踏み込むともう決めたんだ。

その先にあるのは、明るい未来か、それとも地獄か。僕には全くわからない。

グリーンフラッシュを見れば、人の心の中すら見えると、ジュール・ヴェルヌは書いた。それはもちろん創作の世界の話で、都合のいい話だ。

でも、僕たちは物語を読み、ときにそこに感銘を受けて人生を選択していく。

だから、そんな世迷《よま》い事《ごと》でも嘘の話でも、多くの想いは継承されるんだ。僕たちは現実だけを見て生きてはいない。そこに、夢も見なきゃ、とっくにこの世界は終わっている。

「夢を見よう。僕と」

「あ……」

陽菜穂は驚いたように目を見開いた。そして、グッと、唇をかみしめ、その顔を見られたくないかのようにうつむいた。

「僕はグリーンフラッシュに夢を見に来た。最初は過去を上書きしてもらおうと思っていた。でも、そこで君に会った。今の僕の夢は、君とグリーンフラッシュを見ること。そして君は、君の奇跡を夢見ればいい。だから、僕と夢を見よう」

記憶の喪失のことについては触れない。たぶん、もうそこの部分は共通理解の中に入った。お互いにそれを言い出す必要はない。

僕は踏み込むと決めた。それなら焦らなくていい。情報は少しずつ、正確に把握していくのが僕の主義だ。今日は、これで充分だ。

方針は決まった。僕は、ここにとどまる。そして、陽菜穂と一緒にグリーンフラッシュを見よう。

もちろん、そう決めたからと言って見れるものではないのはわかっている。でも、望み続ければ願いはかなう。もちろん努力は必要だ。僕たちにとっての努力は、沈む夕陽を見続けること。そこに、夢の橋を架けるために。

「いいかな、陽菜穂」

「………あはは、踏み込んできたね。ほんとに」

少し戸惑いを隠せない様子だったが、陽菜穂は顔を上げてはにかんだ。うっすらとにじんだ涙をぬぐいながら、陽菜穂はまっすぐに僕を見た。

「私、今日のこと、絶対に忘れないから。夢を、見せてね」

「ああ、僕も忘れない。だから、夢を見よう」

僕は自覚した。まだ正しく恋と呼べるほどに育ってないかもしれない。でも、ただの風景だった女の子が、今や僕の記憶に刻むべき存在になったことは、確かだった。

陽菜穂に少し踏み込んだことで、僕と彼女の距離は確実に縮まった。ただ、あれ以来、彼女の記憶の話は出ない。

どんなに悪天候が続いても彼女と会う日が三日空かないようにしていた。

そうしていれば、彼女は普通の女子高生だ。日々のことを楽しみ、過去の記憶や体験を積み重ねて未来へ向かっていく。みんながやっていることと同じことをして暮らしている。

そこに陰は見当たらない。

「最近、仲がいいですね、おふたり」

早紀はいつも陽菜穂の側《そば》にいる。このふたりはたぶん本当に仲がいい。ただ、早紀が陽菜穂に送っている親愛のベクトルは、ちょっと普通の友人の域を超えている。それは、診療所で二回、早紀と話していて感じることだ。

ただ、あれ以来早紀と差し向かいで話す機会はなく、日々トラブルもなく過ごしていることから、普通に見れば三人の仲良し集団がいつも一緒にいるな、ということになる。

これが続けばいい。

でも、根本的な問題はずっとつきまとう。そう、僕はいずれ必ずこの地を離れるのだ。

「そういえば、颯真くん浪人生なのに勉強しなくていいの？　普通は予備校とか」

「痛いとこを突くな。実のところ、志望も決まらないんで、いまいちやる気が出ない」

「いいんですか、そんなことで。そもそも、失敗したとはいえどこか受けたんでしょう？　それは志望校ではなかったんですか？」

陽菜穂と早紀に挟まれて集中砲火を浴びる。

ここにきて三週間も過ぎて、さすがに早紀も多少打ち解けてきた。

ただ、この三人の間には、ある種の緊張感もあった。それぞれがなんらかの秘密や思惑を持っていて、一部を共有している、という状態、だと僕は思っている。

その均衡が破れたら、いったいどうなるのか、という不安は常にそばにあった。

街にもだいぶ詳しくなってきて、ずっとテント生活なんかしてると、温泉施設の人やよく買い物に行く商店街などではだんだん顔なじみになっていく。

これが狭い世界、というやつなのかもしれないが、そんなに居心地は悪くない。

ただ、一番栄えているであろう駅の近くでさえ娯楽施設はないに等しく、陽菜穂たちの高校も電車で三十分ほどの通学になるらしい。

「もっと遠い高校もあるけど、やっぱり近くで選んじゃったね。選択肢なんて、ほとんどないんだよ」

陽菜穂も早紀も地元から遠くない高校を選んだという。遠くの高校に通うには、それなりの時間と経済力が必要なのは、田舎特有の事情かもしれない。

そんなある日、レンタルサイクルの店を見つけたので、陽菜穂たちが学校に行ってる間に街を回ってみようかと借りてみた。

小さな街でもそれなりに見るところはあるようで、日本海側だと海岸線にはたくさんのジオパークがある。

地図をもらったので、なんとなく眺めていると、ふと気づいた。

「ああ、さすがに学校は少ないな……」

人口が少ないということは、子供も少ない、必然的に学校も少なくなるのだが……。

「あれ？」

何かが引っかかる。

それが何か気づかないまま、とりあえず僕は自転車をこぎだした。

街に出歩いている人は少ない。

畑仕事をしている農家の人くらいしか見かけない。

通りに沿って走っていると、学校が見えてくる。中学校らしい。校庭では生徒たちが体育の授業をしている。

「やっぱ少ないなあ」

都会では考えられない人数だ。もしかすると、一学年で数人程度しかいないのかもしれない。学校の規模も小さい。

僕はもう一度地図を見る。

この街の地区には小学校がふたつ、中学校がひとつ、高校はない。なるほど、高校は街を出て通うしかないのか。

「いや、待てよ……」

地区に小学校がふたつ、中学校がひとつ。

早紀は言っていた。『ずっと地元』だと。

じゃあ陽菜穂は？

彼女からそんな話はまだ聞いていない。でも、両親は漁師と言っていた。地元なればこその職業だ。そして、だからこそあのグリーンフラッシュに惹かれたのだとすれば。

高校の選択肢もなかったと言っていた。

もしかすると……

「こいつは、ちょっと確認しないと」

もし、僕の予想が当たっていれば、これは想像以上に深刻な話になる。

今日の夕方、陽菜穂に会ったときに、それとなく聞かなくてはならない。


ところが、午後から雨が降った。

『今日は無理だねえ』とメッセージが入る。

陽菜穂を呼び出してもいいけど、それより早紀に会うほうが早い気がした。いや、むしろ僕の思う深刻な懸念の当事者は、早紀だ。

雨の中、僕は診療所へ向かう。アポはしていない。

「今日は診療所が開いてるのか」

今まで来ていたのは夜の時間で、明かりもついていなかった。でも、今は明かりもついているし、玄関から覗き見える待合室にも人の姿が見える。

「この場合、どこから入るべきなのかな」

今までは診療所の玄関から早紀と入っていた。

とりあえずぐるりと建物の周りを歩いてみると、居住部分の玄関が裏側にあった。こっちが本来の家の入り口なのだろう。

さて、呼び鈴を押すべきか。押したら早紀が出てくるだろうか。他の人が出てきたら、どう言えばいいだろうか。

などと一瞬迷う。

時間的には、早紀ももう自宅へ戻っているだろう。陽菜穂と一緒でなければ、ここにいると思う。

しばらくためらったが、僕は呼び鈴を押した。

「鳴ってんのかな？」

音は何も聞こえない。普通はなんか聞こえそうなもんだが。

インターホンもついてないので、まんじりともせず待つ。

すると、かちゃり、とドアが開く音がした。

ゆっくりと開いた扉の向こうから覗き見ているのは、早紀だ。

「や、やあ」

「どうしたんです？　来るならメッセージ入れてくればいいのに。陽菜穂は？」

「いや、今日は君に会いに来た。聞きたいことがあって」

「聞きたいこと、か」

ふう、と早紀はため息をついた。

「どうぞ。今日は診療中だから、あたしの部屋へ。いやだけど」

「いやだけど、って」

「女の子の部屋に入るとか、普通ダメでしょ」

「あー、うん、そうだな。またにしようか？」

「いえ、あたしも聞きたいことがあったし、ちょうどいいでしょう。陽菜穂もいないことだし」

なるほど、早紀も機会をうかがっていたのかな。

ここんとこ陽菜穂と僕は距離が近づいている。それは早紀にもわかっていたことだし、それを隠すつもりもない。

早紀も前ほど突っかかるような雰囲気はなかった。

でも、今日の早紀は、また前のように、少し張り詰めた空気をまとっていた。

「お茶を入れてきますので、その辺に座っといてください。動かないように」

「動かないよ」

女の子の部屋というのは、正直初めて入るのだが、居心地はすこぶる悪い。この前の陽菜穂の家でごちそうになったときも、ある意味彼女の部屋兼台所だったが、あれはちょっと事情が違う。

早紀も、態度は時々怖いが、かわいい部類の女の子だから、いいのかな、という謎の罪悪感が襲ってくる。

「いやいや、負けるな。今日はしっかりと聞かなきゃいけないことがある」

はっきりさせておかなくてはいけないことがある。

なぜ、早紀は僕が山に入る前に『殺されても知らない』などと言ったのか。

そしてあの海岸に戻ってきて、陽菜穂が僕のことを怪訝そうに見上げたとき、『ほら、殺されちゃった』と言ったのか。

過激な表現だな、と思った。すごく違和感があった。

僕は、その違和感の正体を確かめに来たんだ。

少しして、早紀が戻ってきた。

小さなガラステーブルをはさんで、僕と早紀は対峙《たいじ》する。

「で、なんですか。お先にどうぞ」

「いや、君のほうからどうぞ」

お互いに聞きたいことがある。どちらが先に切り出すか、というのもなかなか気まずい。できれば、早紀の『聞きたいこと』を先に知りたい。

「ま、いいでしょう。陽菜穂と何かあって仲良くなったみたいですけど、どうするんですか？ もしここを去るなら、そろそろリミットのタイミングではないかと思うんですが、その気はなさそうですし」

「ああ、その気はないな。僕は陽菜穂に惹かれている。それは確実だ」

「ん……そ、そういうのをあたしに言っていいんですか？ 陽菜穂には言ったんですか？」

「いや、言ってない。本人には言えないもんだ」

「それは、なんだか卑怯《ひきょう》です」

やはり年頃の女の子であり、恋バナと言われる類のものには興味を持つようだ。僕と陽菜穂がいい感じかもしれない、というのは見ていればわかる。

ただ、感覚的にはまだ仲の良い友人、の枠は超えていない。むしろ陽菜穂の気持ちはわからないので、僕のほうからの一方的な感情のほうが強いだろう。

「まあそういうわけで、僕はまだしばらくここにいる。君にとっては迷惑なのかもしれないけど、そこでひとつ僕も聞きたいことがあるんだ」

「なんでしょう」

「君はずっと地元って言ってたよね？」

「……ええ、まあ」

伏し目がちに答える。僕の予測がより確信を増した。

「陽菜穂も、そうだよね？」

「っ……！」

声にならない悲鳴を上げて、早紀はぱっと視線を上げた。

「そして、この地区に中学校はひとつしかないんだ。もしかして……」

早紀の身体が小刻みに震えている。

確信した。僕や陽菜穂だけじゃない。彼女にも、向き合うべき過去があるんだ。

「僕は陽菜穂を大切に思っている。これは、ともにグリーンフラッシュを追う仲間として、との意味もある。でも、それだけじゃない、きっと。君も陽菜穂にとって大切な、いや、もしかするとそんな言葉では言い表せないほどの存在だろ。それは、僕にとっても大事なことなんだ。話してはくれないかな」

早紀はうつむいてしまった。何かに必死に耐えている。

本来、僕は彼女にまで踏み込むべきではないのかもしれない。でも、陽菜穂と早紀の繋がりは、当初僕が感じたより余程深いのではないか。

それなら、陽菜穂を知ることは、早紀を知ることでもある。

そして、その過去がもし……。

「そうです……」

消え入りそうな声で、そして僕と目を合わせずに、早紀は答える。

「あたしが、最初に陽菜穂に殺された……あたしは、あの子の幼馴染ですよ……」

第三章　記憶の暗い海

《早紀》

「あたしが、最初に陽菜穂に殺された……あたしは、あの子の幼馴染ですよ……」

ついにバレた。

これだけは知られたくなかった。

でも、いつまでも隠してはいられない。いつか誰かに知られる。そう、きっと陽菜穂にも。

この、松崎颯真という人は、明らかに異分子だ。

あたしと陽菜穂の世界に入ってきた、異分子だ。

そして、あたしと同じように、陽菜穂に殺されたと知っても、まだあの子に関わってくる、困った人だ。

「ごめん、つらいことを聞いちまった」

「いえ……むしろ、すっきりしました。このことを知ってるのは、他には父と陽菜穂のご両親だけです」

「ご両親は、陽菜穂の異常を知っている、ってことか」

「ええ。そもそも、あの子が対人記憶を失うようになったのも、ご家族の問題からです」

言っていいのかな。

でも、でも、もしかすると、この人は……。

ここまで陽菜穂の問題に踏み込んできた人は、今までいなかった。

そういえばこの前聞いたっけ。

陽菜穂の好きなあの写真、この人のお父さんが撮ったって。

これは、奇跡なのかな。あの子が見たい、奇跡なのかな。

もしかして、託してもいいのかな、陽菜穂を。そしたら、あたしは……。

《颯真》

やっぱり予想どおりだった。

早紀は陽菜穂の幼馴染。高校で知り合ったどころの話じゃない。

そして、最初に『殺された』と言った。

早紀は、すべての事情を知っているんだ。

「事情を、聞かせてもらってもいいだろうか。いや、本来は陽菜穂から聞くべきことだってことはわかってるけど」

「今は……ちょっと待ってください。また、連絡します」

憔悴《しょうすい》しきった顔で、早紀は言った。今日はここまで、という感じだ。彼女も深い傷を負っていた。今日は、僕はそこに踏み込んでしまった。

「わかった。今日は、すまなかった」

「いえ、ありがとうございます。もしかすると、前へ進めるかもしれません」

「前へ？」

彼女が言う、前へ、がどういう意味か、僕にはわからない。早紀も答えてはくれなかった。

でも、長い苦しみの中で袋小路に行き当たっている気持ちはわかる。僕もそうだった。そして、そこに光が当たれば、抜け出せそうな気になってくる。

僕の袋小路は、なんてことはなかった。ここにきて陽菜穂に会ったら、それで抜け出してしまえるほどの、つまらないものだった。

そう、彼女たちの持っている傷に比べれば、僕の失敗なんて、いくらでもやり直しがきくんだ。

だから、僕は前を向く。陽菜穂を取り戻さなければ、と強く決意したのは、このときだったかもしれない。

次の日も雨だった。

陽菜穂の顔を見ずに丸一日だ。できれば今日会いたかった。三日目、という基準が曖昧《あいまい》なので、僕は最低でも二日に一回は陽菜穂に会うつもりでいた。

でも、天気予報は雨だ。となると、呼び出すか。しかし、グリーンフラッシュ以外に会う理由は特にない。今のところは、僕と彼女はただの友人であり同志だ。特に用事もなく呼び出すのもなんだかおかしい。

でも、もしこのまま三日が過ぎれば、僕はもう一度彼女の記憶から殺される。それは避けたい。

娯楽も少ない街だからどこかに遊びに行こう、という誘いもできない。

どうするか。

テントサイトで路銀の確認をしながら、いろいろと思考を巡らせる。

「うーん、めいっぱい節約してもあと一か月持つかどうかだなあ」

キャンプサイトは格安だが、やはり食糧、燃料、風呂代、その他もろもろお金は出ていく。

「てことは、一か月以内に陽菜穂を取り戻さなきゃいけないのか」

具体的にどうするのか、何もわからない。

決意だけでどうにかなるなら、もうすでに誰かが陽菜穂を治しているだろう。早紀だってあんなに苦しまない。

どこかに手掛かりはないだろうか。ずっと考えているが、医者でもない僕が何かを思いつくわけもない。

「医者、か。いや、心理学の世界の話になるのかな。わからん」

記憶というのは調べれば調べるほどわからなくて、脳の機能がまだほとんど解明されていないんだな、ということだけがわかる。

「陽菜穂にしっかりと話を聞きたいところだなあ」

どうやって切り出すか。

そもそも、陽菜穂との接点はほとんどグリーンフラッシュで、海岸で会うことが日課になっている。その程度のものだ。たまにその流れで晩飯をごちそうしてもらう。最近その頻度は高い。でも、そこまでだ。

「それでいいのか、僕は」

よくない。このままでは陽菜穂との距離はこれ以上近づかない。

僕は彼女とどうなりたいんだ。

何度かの接点で、彼女の感情には隙間というか、ブレがあるのを感じている。

おそらく、陽菜穂の中でもなんらかの違和感が増大しているんだろう。

そこに、何かヒントはないだろうか。

「結局は、早紀ちゃんからの情報待ち、だな」

陽菜穂がいつからああなのか。僕はまだそれすら知らない。

陽菜穂自身の言葉から推測するに、ここ一年か二年、つまり、グリーンフラッシュを見たいと思った時期がそれに該当すると思っているけど、確信はない。

そして、原因。

何かあるはずだ。家族のことと言っていた。

僕は受験の失敗という過去を消したいと思ってここに来た。

そこにいるのは、過去に幼馴染に『殺された』女の子と、そうならざるを得なかった何かを抱えている女の子。

「僕の悩みなんか、ちっぽけだな」

そうだ、ちっぽけなんだ。

僕はまた努力すれば、同じ舞台に立てる。受験なんて毎年あるし、大学に入るということだけを言うなら、年齢の制限もない。

でも、失《な》くした記憶とその時間は？

もう取り返しがつかないのか？

陽菜穂と早紀が積み上げていた時間は、もう戻らないのか？

そして、僕と陽菜穂の本当の出会いも、消えたままになってしまうのか？

「それはいやだ」

あらためて考えると、今の陽菜穂は最初の出会いを覚えていないんだ。それはやっぱり悲しいし残念だ。そう思うと、早紀の絶望はいかほどのものだっただろうか。

一年以上だぞ。早紀は高校に入ってからそれだけの期間、初めて会った友人を演じて彼女の側にいたんだ。尊敬してしまう。僕にそれができただろうか。

翻《ひるがえ》って今、僕が彼女にできることはなんだろうか。忘れられたのは出会って数日の僕だった。その後からやり直しても遅いとは思わない。ほんの少し、チクリと痛い気持ちはある。でも、やっぱり陽菜穂や早紀の持っている問題に比べて、僕の問題など全く小さい。

ならば、一歩前進しよう。いくら田舎でも、少し足を延ばせば何か遊べる場所くらいはあるだろう。陽菜穂を誘って、もう少し親睦を深めるくらいはできてもいいはずだ。

そう思って、僕はスマホを取り出した。連絡先は交換しているんだから、いつでも誘うことはできる。

どこに行くかはともかく、まずは会うことだ。今日会わなければ、明日のリスクはより一層高くなる。また忘れられることを思えば、ちょっと遊びに誘うくらい、どうってことはない。

だが、指は進まない。文章を打っては消し、打っては消しをしているうちに、あっという間に二十分ほど過ぎていく。

我ながら、女の子を誘うのがこんなに難しいとは思わなかった。もうちょっと練習しておけばよかった、と思ったそのとき、スマホが着信に震えた。

「うわっ！」

思わず取り落としそうになる。ここでスマホを壊したら、修理代払うだけでも路銀が激減してしまう。危ない。

見ると、陽菜穂からのメッセージだった。

『ここまで来ない？　今日天気悪いし、夕方会えないし』

メッセージには駅の名前と待ち合わせ場所が書いてあった。ここから三十分ほどの駅だ。たしか陽菜穂たちの高校の最寄り駅だ。

「先を越された。女の子のほうが度胸あるぜ……あ、いや、もしかして意識されてないだけか？」

少し意気消沈しつつも、すぐに行くことを返信して電車に飛び乗った。

早紀も一緒だろうか？　一緒だろうな、いつものパターンを考えると。まあ、そのほうがこっちも緊張しなくていい。

などと考えながら、指定の待ち合わせ場所へ向かう。

陽菜穂はすぐにわかった。セーラー服の女子高生は周囲にたくさんいるが、陽菜穂の制服姿は特別よく似合っていた。海岸でもいつも見ているはずだが、街の雑踏の中で見ると、より映えるように思う。

長い黒髪とすらりとした体軀《たいく》がより清楚《せいそ》さを引き立てていて、なんとなく、理想の女子高生のような気がした。こんな娘、僕の高校にいたっけかな？

「お、おまたせ」

「あ、ヤッホー、颯真くん」

ひらひらと手を振って挨拶をするのはいつもの陽菜穂だ。だが、海岸でポツンとい
るときの陽菜穂と違って、街の風景に混ざると、いつもとは違う存在感があった。

「早紀ちゃんはまだなの？」

「え？　早紀ちゃん？　来ないよ。今日は誘ってないもの」

「え」

予想外の返答だった。

いつも一緒のふたりだ。高校も同じで帰る方向も一緒なら、お目付け役の早紀がい
て当たり前だと思い込んでいた。

「早紀ちゃんがいたほうがいいんですかあ」

「あ、いやそういうわけじゃない！」

少し膨れたような表情をして睨んでくる陽菜穂を、慌ててなだめる。

「ふふ、うそうそ。まあちょっといろいろ思うところがあってさ。今日は颯真くんと
デートしてみようかと。太陽も見えないしね」

「デ、デート？」

「そ。ほら、私こんなんだから、もしかすると男の子と遊ぶなんて、もうチャンスが

ないかもと思って」

　陽菜穂は自分の頭をこんこん叩いている。

　この前話したことが影響しているのかもしれない。

　陽菜穂は僕のことを一度忘れている。はっきりと確認し合ったわけではないが、状況証拠はそう物語っていて、あのときの雰囲気で、僕たちはそれを共通理解のもとに置いた、と僕は思っている。

　今の陽菜穂も、そのことを言っているんだろう。

「陽菜穂なら、いくらでもチャンスあると思うけどな」

「それが現実にはないわけなのですよ。ほら、早紀ちゃんも言ってたでしょ」

　そういえばそんなことを言っていた。

「そうかなあ。まあ、お誘いは光栄と思うし、僕も会いたいと思ってたとこだ」

「ほう」

「あ、いや、まあほら、僕もいろいろあって」

「ふうん……ま、いいや。どこ行く？」

「呼び出しといてノープランか」

「デートって男の子がエスコートするんじゃないの？　私の読む本だとだいたいそうだよ」

「デートってのはもうちょっと計画的にするもんじゃないかな。僕の読む本だとだいたいそうだ」

「なるほど、恋愛ものでも男女で読ませかたが違うんだね」

「そりゃそうだろ」

そこまで言って、ふたりで目を合わせて、盛大に笑った。

「あっはは！　おっかしい！　こんなにおかしいの久しぶり！」

「いやいや、僕もだ。思えばしばらくこんなに笑ってねえな」

とにかく、陽菜穂と二日目に顔を合わせられた。ひと安心だ。

これがずっと続く。早紀はよくやってるなと心から思う。一瞬の油断で『殺されてしまう』わけだから。三日って、こうやって考えるとほんとに短い。しかもあやふやなリミットだから、どうしても前倒しで会っておかなきゃならない。

晴れていれば毎日会う理由があるが、悪天候が三日続けばどうなるのか。今回はそれを考えさせられた。

行くあてはないが、とりあえず繁華街らしき通りを歩くことにする。といっても陽菜穂には何か思惑があるようで、足取りの迷いもなく、ある一角へと進んでいく。

「ゲーセン？」

「そ、ほらほら、クレーンゲーム。颯真くん、上手？」

都会ほどとはいかなくても、クレーンゲーム専門のお店のようで、それなりの数があった。陽菜穂はそのうちのひとつの台を選んで指さす。

「コレ、欲しいんだけど、私ヘタでさ」

「なんだよ、この不細工なペンギン」

「不細工言わない。これが可愛いんじゃない」

女子高生の美的感覚はよくわからない。

とはいえ、欲しいと言われれば取るしかない。クレーンゲームなんかしたことないけど、まあなんとかなるだろう。


「颯真くん、下手だったねえ」

「うるせえ」

路銀の一部を溶かしたが、幸いひとつ取ることができて、二十センチほどの不細工なペンギンのぬいぐるみは陽菜穂の腕の中だ。

「楽しかったよ、ありがと」

陽菜穂は横で声援とヤジを飛ばしていただけだが、それでも楽しかったのか。うん、でも僕も楽しかったから、きっとそうなんだろう。

「もうこんな時間かあ。学校終わってからだと、夕方まであっという間だね。あと三十分ほどでもうグリーンフラッシュの時間だ」

「光ればな」

「光るんだよ！　毎日光ってるけど見えないだけなの！」

なるほど、それはそうだ。

緑の光は毎日太陽から出ているし、日没時も緑の光線は出ている。ただ、見えないだけなんだ。

記憶も似てるかもしれない。

普段意識しない記憶。昔の記憶だったり、あまり重要でもない記憶は、忘れてしまったり、よほど思い出そうとしない限りは出てこない。そこにあるのに、見えない光と同じような気がする。

そう、グリーンフラッシュは毎日光っている。ただ、緑の光が僕たちの目に届かないだけだ。その届く一瞬の隙間を、僕も陽菜穂も待ち望んでいる。

じゃあ、記憶は？

記憶にその隙間はないんだろうか。陽菜穂の記憶は、がちがちにロックされていて、昔を思い出すことはないんだろうか。どうしてそこまでロックされてしまったんだろうか。僕はそのきっかけまでは知らない。

「ね、まだ時間いいよね？」

「ん？　いいけど。僕は野営暮らしだから、何も気にすることはないぜ」

「あ、そうだった。お風呂入ってる？」

「入ってるよ。これでも毎日入らないと気持ち悪いたちだ」

「そっか、今から帰ると間に合うの？」

「あ」

そうだ、日帰り入浴施設は早く終わるところが多い。夕方前に入る習慣だったが、今日は無理そうだ。

「うちに入りに来てもいーよ」

「いや、それはさすがに」

「やっぱそうか」

コロコロ笑いながら、ご飯を食べて行こう、という話になった。

周りには陽菜穂と同じ制服を着た生徒たちもたくさんいる。

何人かが行きかう中で、それは突然耳に入ってきた。僕は耳を疑って立ち止まった。

「あれ、岬さんじゃん」

「へえ、男いるんだ。かわいそ、すぐに忘れて捨てられそう」

「そうそう、去年同じクラスだったけど、連休明けたらまるでこの人知りませんって顔で対応されたわ。むかついたなあ」

「変人だね」

「ちょっとおかしいのよあの子」

数人で固まっていたグループが、僕たちに聞こえるような声でこちらをチラチラ見ながら言っているのが聞こえてきた。

僕が立ち止まってしまったので、陽菜穂もそこにいる。

彼女は唇をかみながら、その言葉に背を向けた。

「私は……大丈夫だから。あの人たちは悪くないよ。悪いのは私」

陽菜穂は僕のほうも見ない。肩が震えている。

「行こう」

僕は彼女の顔も見ず、手を引いてその場を離れた。

きっと陽菜穂は泣いていた。僕が立ち止まらなければよかったんだ。そして、これが彼女の日常の現実だと、思い知った。

とにかくその現場を離れたくて、僕は陽菜穂の手を強く握って歩いていた。

「あ、あの、颯真くん、ちょっと、痛いかな」

「え？　あ！　ご、ごめん！　つい！」

傍《はた》から見たらカップルが手を繋いで歩いている、の図だった。僕は慌てて手を離す。

女の子といきなり手を繋ぐなど、マナー違反だった。

「強引だねえ、颯真くん」

「い、いや、さっきのは」

「ふふ、いいんだよ、ありがとね」

ちょっとドギマギしながらも、結果として陽菜穂に笑顔が戻った。

「ね、プリクラ撮っていかない？」

陽菜穂がそんな提案をしてきた。

「どうしたんだよ急に」

「ん、なんとなく。うん、お守り、かな」

そう言われると、断る理由もない。陽菜穂が言いたいことはわかる。少しでも忘れないように、ということなんだろう。

写真の記憶はどうなんだろう。もし、僕を忘れた後、その写真を見て、どう思うんだろう。

いや、そんなことは考えないでおこう。

プリクラなんか撮ったこともないが、陽菜穂となんだかんだ言いながら、結構楽しく撮れた。

そこには、ふたりの笑顔があった。確かにこの時間があって、このふたりがいた、という幸せな時間が切り取られていた。

僕には、それが何だかとても儚《はかな》くて切ない一枚に思えた。

陽菜穂がそのうちの一枚をスマホの裏に貼ったので、僕も一枚もらって貼る。

その後、ご飯を食べて行こうという話になって、なんとか店を見つけて、やっと僕たちは落ち着いた。

「あはは、今日はありがとね。あと、さっきはごめんね、変な話聞かれちゃった。ご飯は御馳走《ごちそう》するよ。これのお礼とさっきのお詫《わ》び」

言って、カバンからマジックを取り出し、いま獲得したばかりのぬいぐるみの背中に何か書き始めた。

「何書いてんだよ」

「『そうま』って書いてるの。忘れないように」

「え?」

そう答える陽菜穂の瞳が揺れた。そして、書き終わったその背中を見せる。ひらがなで僕の名前が書かれていた。

「今日、颯真くんを誘ったのはね、ほんとはこの話をしたかった」

陽菜穂は心なしか少し居住まいを正して、ぬいぐるみを自分の隣に置いた。

「この前、颯真くんは私に踏み込んでくれたよね。夢を見ようって」

「……ああ」

「私ね、あれからずっと考えてた。私の夢ってなんだろう。グリーンフラッシュかな？　でも、もしそれを見ちゃったら、そこから先の私の夢ってなんだろう、とか」

「そうだな……僕も時々考えるな。なんせ、これから先のことは何も決まってない。グリーンフラッシュを見たい、っていうのが今の僕の行動原理だから」

「だよね。似た者同士かも、私たち」

食事が運ばれてきたので、そこでいったん話を区切って、まずは腹ごしらえをする。食べながら、僕はいま陽菜穂が何を言おうとしているのかを考える。

今度は、陽菜穂が踏み込んでくるんだな、と。少し、ドキドキする。

グリーンフラッシュを追い求めてたどり着いた土地で、ここまで刺激的な日々を過ごすことになるとは思っていなかった。

空腹を満たして、僕たちは話を再開する。

陽菜穂は改めて僕をまっすぐに見つめ、一度大きく深呼吸をしてから、はっきりと言った。

「私は、颯真くんを一度忘れました。もう、気づいてるよね」

「……ああ、知ってるよ」

胸の奥がなんとも言えない痛みと淀みで震えた。

この前、それはふたりの間の共通認識になった、と感じた。けれども、あらためて本人からそう聞くと、ああ、やっぱり、という落胆が思ったより強かった。これは発見だった。

「ごめんね。でもね、私、いつ忘れたかもわからないんだ。忘れたことを自覚できない。あのとき初めて、そう、早紀ちゃんがフォローしてくれて、初めて、ああ、私この人のことを忘れたんだ、って自覚できるんだ」

「そうか……」

僕だって早紀からの情報でいろいろわかっていた。それなのに、ショックが大きすぎて言葉が出てこない。陽菜穂の話に相槌《あいづち》を打つので精いっぱいだ。

「でね、不思議なんだよ。そうやって早紀ちゃんが情報をくれると、その人っぽい人との体験は全部鮮明に追いかけれるんだ。もうね、映画みたいに細部まで覚えてる。私、妙に記憶力がよくて、他にも読んだ本のどこに何が書かれてるかも覚えてるんだ。試してみて」

陽菜穂はカバンから一冊の本を出して、僕に渡してきた。

「それ、この前読んだ本。どのページのどこでもいいから、指定してくれたら暗唱するよ」

陽菜穂は人の記憶を失う反面で、エピソード記憶に関してはしっかり覚えている。

それは予測できていた。でなければ、今僕を『以前あった人らしき人物』というはめ込みができないからだ。

　でも、さすがに本を丸ごと覚えている、なんてあるんだろうか。

　僕は適当なページを開いて試してみる。

「じゃあ、二十七ページの八行目」

「えーっとね、『夏の風物詩、七夕の織姫星でもある、こと座のベガだ。まさにこれから夏の星座が昇ってくる。』どう？」

「正解だ。じゃあ、百九十ページの七行目」

「んーっと『現在、日本の医療における心臓移植の成績は良好だ。ドナーが現れて手術が成功し、予後が良ければ十年生存率は九割を超えるという。』だね」

　一言一句、間違いがない。しかも、思い出している、というよりは、目の前にある本を読んでいるのと変わりのない淀みのなさだ。

「こりゃすごいな……ものすごい記憶力だ」

「記憶っていうより、写真みたいな感じ。一度見たものは全部そのまま目の前にあるみたいに思い出せるの。でも、変だよね。人の顔とか名前とかだけ、きれいに抜け落ちるときがあるんだ。颯真くんの場合もそれ。もしあのとき颯真くんが来なかったら、忘れたことすらわからないし、早紀ちゃんがいなかったら、『それっぽい記憶』を繋げることもできない。私の頭の中、ちょっとおかしいんだ」

陽菜穂は寂しそうに笑った。

「こんな変な子、普通は嫌だよね。だから、なんか変なやつだな、って気づいた人はそれとなく私に関わらなくなっていくんだ。早紀ちゃんだけ、ずっと優しい。気づけば、早紀ちゃん以外の人とは、毎日それなりに接するだけだし、いつの間にか忘れてる人もたくさんいるみたいだし、先生のことだって、時々忘れちゃうんだ。でも、先生は、先生ってわかるから、その度に記憶をつぎはぎして、早紀ちゃんがそれとなく名前を教えてくれて、なんとかなってきたの。早紀ちゃんもきっと気づいてると思うんだけど、怖くて話したこと、ないんだ……」

そうだ、早紀は気づいている。気づいているどころの話ではないことを僕は知っている。

陽菜穂と早紀の繋がりは僕よりはるかに深い。それなのに、陽菜穂は早紀との間にある真実を知らない。

早紀の優しさは、ある意味、陽菜穂の残酷な現実を積み重ねているのかもしれない。

「たぶん、私、病気なんだ。でも、いろいろ怖くってずっと今のなんとかなってる状態で立ち止まってる。正直、一度忘れた人でまた関わってくれてるの、颯真くんが初めてだよ」

それは違う、と言いそうになった。

その言葉は早紀が言われるべき言葉だ。だが、僕はぐっとこらえた。今まで早紀が隠しとおしてきたことを、僕が暴露するのは筋違いだ。

「グリーンフラッシュ、ね」

早紀はあの写真を机の上に置いた。

「これだけが、私の中に強い衝動としてあるんだ」

緑の閃光。

見ると幸せが訪れるといわれる。

「こんな私でも、幸せになれるかな、って」

「なれるよ。だから、僕とそれを見よう」

それしか言えなかった。

「時々ね、考えるんだ。私はどうしてグリーンフラッシュを見たいんだろう、って。そうするとね、その答えに行きつく前に、頭の中が真っ白になっちゃう。だから、明確な理由がわからないんだ。でも、この先にきっと幸せがある。そんな感覚だけがあって」

「それは、僕も一緒かもしれないよ。この前言ったように、それを撮ったのは僕の父だ。家のアトリエにはずっと飾られていたから、昔からそれを見ていた。それなのに、受験に失敗して先が見えなくなった途端に僕は、それを見なくちゃいけない、と思うようになった。きっかけなんて些細《ささい》なことなんだよ、きっと」

僕たちは、この写真の風景を求めてここに来た。

そして出会った。

このきっかけも些細なことだろう。

人はそういった、本当に小さなことで出会い、別れ、様々な分岐を重ねて未来へ向かっていくんだ。

大学受験に失敗したことで、僕はそれまでの人生を虚しく感じた。

ただ、友達が離れていったんじゃない。僕が離れてしまったんだ。

それは、僕の努力でもう一度修復できるかもしれない。

でも、陽菜穂はどうだろう。

失った記憶を、すべて思い出す日が来るんだろうか。

そのとき、陽菜穂は本当の幸せを得るのだろうか。

「私ね、今とってもグリーンフラッシュが見たいんだ。今までも見たかったけど、それ以上に。ねえ、名所の話あったじゃない？　あれって、どこだっけ」

「この近くなら、越前《えちぜん》海岸とか東尋坊《とうじんぼう》かな。まあ、近いっつっても電車で半日近くはかかるか」

「東尋坊って、自殺の名所の？」

「まあ、そんなので有名らしいけど、条件はここよりいいらしいよ」

「そっかあ。ねえ、約束しようよ」

「約束？」

陽菜穂は唐突にそんなことを言いだした。

「この前、テレビで見たんだ。若いときにもう死んじゃうかもっていう病気でね、危機一髪手術で助かって、今はアメリカで勉強してるっていう女性の話。その人が言うんだ。『約束は多いほうがいい。その分、前へ進む力になるから』って。だから、颯真くん、私と約束して欲しい」

「約束か、そうだな、いいよ」

「ありがと。ねえ、いつか、ほんとに私とグリーンフラッシュを見ようよ。ここじゃなくてもいい。いつか、どこかで。そりゃ、ここで見れるほうがいいけど、まずは見ることが大事だと思うんだ、今は。だから、約束」

陽菜穂は小指を出してくる。

触れていいのかな、と躊躇《ちゅうちょ》するが、指切りするなら仕方がない。僕たちは、小指を絡み合わせて約束を交わす。

『いつか、一緒にグリーンフラッシュを見よう』と。

その約束が果たされたとき、僕は君の記憶に残ることができるんだろうか。

そんなことを考えながら、僕は陽菜穂と指切りをした。

君は、いつか僕を忘れる。たった三日の隔たりが、それを確実なものにすることを、君はいつ知るだろうか。


そんな約束を交わしてからも、僕と陽菜穂は夕方の逢瀬を続けていた。

ただ、ちょっと変化があったのは、雨の日も曇りの日も、僕たちは逢瀬を繰り返すようになったという点だ。

陽菜穂は、自分の秘密を知りながら、なおそばにいる僕に一層の信頼を寄せてくれるようになったように感じる。

天気の悪い日はいつものカフェのお決まりの席で、僕たちはいつか見るグリーンフラッシュについて語り合う。その約束を果たす日を楽しみにしながら、その先のことを語るようにもなっていた。

なるほど、約束というのは大事なんだな、と僕も実感するようになってきた。

一方で、早紀はあれから、そう、僕に『自分が最初に殺された』と告白してから、あまり顔を合わすことがない。

どちらかというと避けられているようにも思えて、僕と陽菜穂がふたりでいる場に、顔を出すことはなくなった。早紀は早紀で、陽菜穂に会う日が途切れないようにしているのだろうけど。

気持ちはわからなくもない。

僕たちは三者三様に秘密を持ち合っている。

僕は、早紀が陽菜穂に最初に殺されたことを陽菜穂に黙っている。

陽菜穂は、僕のことを忘れた、ということを僕本人に伝えたことを早紀に黙っている。

早紀は、高校からの友人を装っていることを陽菜穂に黙っている。

おそらく、それ以外にも複数の秘密が絡み合って、僕たちの関係は成り立っている。

でも、そんなものかもしれない。

ジュール・ヴェルヌが言ったように、奇跡でも起こらなければ人の心の中を覗き見るなんてことはできない。その奇跡がグリーンフラッシュなのかどうか、僕たちは知る由《よし》もない。

ただ、陽菜穂と約束を交わしてから、僕たちはこの場所にこだわることを少しずつやめていた。

一緒にグリーンフラッシュを見る、という約束がより優先権を得てきている気がしている。そして何より、ふたりでいる時間が愛《いと》しいと思うようになった。僕の主観だけじゃないと思う。陽菜穂は僕に会うことを楽しんでくれているように思えた。

それは、僕と陽菜穂の距離が縮まっていくことを感じさせた。

最近は、どこでもいいからグリーンフラッシュを見に行きたい、なんて話もするようになる。

ただ、僕が陽菜穂の日常に入り込むほどに、その他の環境はやはり変わっていく。

「早紀ちゃんがね、最近変なんだ」

そう思っていたある日、陽菜穂がそう切り出してきた。

「なんか、悩みごとがあるみたいでね。ため息ついたり、遠く見てたり、話しかけても上の空だったり」

「僕もしばらく会ってないな」

「だよね。どうしたんだろ」

陽菜穂にとって唯一といっていい親友だろうから、心配はもっともなのだが、僕はおそらくその理由を知っている。

ただ、学校でのふたりの様子までは知らないので、こうやって陽菜穂からの伝聞でしか知ることができない。

僕がこの地に来てふたりに関わった結果だろう、ということは容易に想像できるし、早紀の苦悩は僕のものよりはるかに大きく深刻だ。

このふたりに関わってからというもの、僕は自分の過去のいきさつなど、正直、忘れてしまっていた。あまりに小さすぎて、悩むのも馬鹿らしくなっていた。

それは、やはり成長なのかもしれないけど、さりとて喜ぶ気にもなれない。

「悩み、聞いてあげてみたら？」

これはかなり冒険的な提案だと思う。

でも、いずれ必要なことだ。

陽菜穂も早紀も、向き合わないといけないときが来る。

そんな話があった、次の日だった。早紀から僕たちに連絡があったのは。

《陽菜穂》

『今日、診療所に来て。松崎さんも呼んでるから。午後四時』

朝起きると、早紀ちゃんからメッセージが入っていた。

診療所に？　颯真くんも？

なんだろう。ちょっと怖い。最近早紀ちゃんもちょっと変だし。ときどき思いつめたような顔してため息ばっかりついてる。

相談乗るよ、と言ったけど、ちょっと待ってて、って言われて今日までそのまま。

その話かな？　でも颯真くんも一緒だし……

もしかして、私のこと、かな。

私は、私の異常を知っている。

知っているけど、知らないふりをしている。たぶん、早紀ちゃんもそう。お父さんもお母さんもそう。みんな、私のおかしいのを知らないふりしているのも、私は知っている。

高校に入ってから、まともな友人は早紀ちゃんしかいない。他の人は、ちょっと親しくなっても、ほんの少し会わないだけで誰だかわからなくなっちゃう。そのたびに、早紀ちゃんがそれとなく教えてくれて、私の覚えている記憶の中と答え合わせさせたりしてなんとかごまかしている。

でもね、やっぱり気づく人は気づく。この子おかしいな、変だな、って。

そうなっちゃった人は、それとなく距離を置くようになるし、ほとんどみんな、私の周りからいなくなっちゃった。

三か月もすれば、噂《うわさ》は充分広まっちゃう。気づけば、私のそばには早紀ちゃんだけ。

でも、そうなってからは、私の変な頭の中もすっきりして、誰かを知らなければ忘れないし、接点がなければ問題も起きなくなった。

ここ一年くらい、ずっとそれで幸せに過ごしてきたのに。

「颯真くんが、来てから」

私は必死で思い出す。

やっぱり彼との出会いは思い出せない。これかな、って思えるシーンが顔のない映画のように浮かぶだけ。

でも、颯真くんは、そのことをはっきり伝えても私に関わってくれている。それは、ちょっと、ううん、すごく嬉《うれ》しい。でも、同時に怖いんだ。

「奇跡って、なんだろう。私の奇跡。グリーンフラッシュの先にある私の奇跡……」

ずっと、心の中でくすぶっている。

私はどうしてグリーンフラッシュを見たいと思うんだろう。

いつからだろう。

記憶を振り絞っても、高校に上がる前後にそう思っていた、ということくらいしか思い出せないし、その理由は全くわからない。

奇跡って何だろう。

意味を調べると、『宗教や信仰に結びつく超自然的な現象、転じて、普通では起こりそうもないこと』とか書いてた。

私は別に宗教を信じてるわけじゃない。でも、奇跡を見たい。その衝動だけが私の中にあって、どんな奇跡が見たいのか、実はわからない。

颯真くんには『幸せでいたい』って言ったけど、それもたぶん、表面上のことしか伝えられてなくて、私の中で言葉にならないんだ。ほんとは、私にとってグリーンフラッシュがどういうものかっていう確信みたいなものはなくて、どっちかというと心の中の衝動みたいに湧き上がってきたものなんだ。

そんなグリーンフラッシュが縁で知り合った颯真くん。でもよりによって久しぶりにその人が誰だかわからなくなったのも、颯真くん。

しばらく大丈夫だったから、なんとかなるかなって思ってたけど、なんともなってなかった。

それは、大丈夫だったんじゃなくて、私も周りも、接点を持たなかっただけだ。

だから、早紀ちゃんからのああいう助け船も、ほんとに久しぶり。

久しぶりだから気づいた。

早紀ちゃん、ずっと私のそばにいて、私の対人関係を見てくれてるんだ。

「どうして？」

高校で出会ったよね。はっきり覚えてる。

――初めまして。同じクラスだね。これからよろしくね――

早紀ちゃんは、入学式のときに突然寄ってきて、私の友人第一号になってくれた。

今でも大の親友だ。

最初は仲良くしてくれても、すぐに近寄らなくなった人がほとんどなのに、早紀ちゃんはずっとそばにいてくれる。

優しいな。

この楽しい時間が続いてくれるのも、奇跡なのかもしれない。

でもいつか終わる。
だって、私は知っているもの。
――いつか、この人たちとの時間も忘れてしまうことを――

《颯真》

「どうぞ」

僕と陽菜穂は早紀に呼び出されていた。時間どおり診療所に行くと、診療所の入口のほうから待合室へ通された。

今日は休診、と書いてある。

わざわざ僕たちを呼び出す、ということが、その話の内容を想像させる。不安そうな顔をする陽菜穂を伴って、僕はここへ来た。

以前、早紀が言っていた。陽菜穂がこうなった原因はここにあると。

そして、役者は揃っている。

早紀はこの前の答えを僕に言うつもりだろうか。でも、陽菜穂が一緒にいて、それはできるんだろうか。

陽菜穂と僕は少し間を開けてはいるが、隣同士に座り、向かいに早紀が座っていた。

「ごめんね、呼び出して」

そう言ったまま、しばらく沈黙する。難しい顔をしている。何かを言いにくそうな感じだ。

僕にはわかっている。この前のことが関係しているってことが。でも陽菜穂を同席させているのは大丈夫なのか、という心配はある。僕も落ち着かない。

僕も陽菜穂も早紀に呼び出されたのだ。当然、用件があるはずだ。

でも、早紀はもう一分近く沈黙している。

明らかに、いい話ではない、あるいは、彼女にとって言いにくい話だ。そんな空気の中でずっと沈黙を保っているのは、ものすごい緊張とストレスを生む。

僕には、早く話を切り出してくれ、と祈ることしかできない。いくらなんでも、これ以上の沈黙はきついだろう、と思った矢先だった。

「私の話、だよね？」

小さく、でもはっきりとした声で陽菜穂が切り出した。早紀の身体がビクリ、と震える。

「いいんだよ。うっすら、私がおかしいことは知ってるから。早紀ちゃんがどうして離れていかないのかな、とか、颯真くんのこと、一度忘れちゃったこととか。もう、颯真くんは知ってるよ」

そう言って、陽菜穂は僕の方を見る。

僕は陽菜穂の目を見てうなずくだけ。早紀は少し驚いたようだが、少しして、やはり小さくうなずいた。

陽菜穂はまた早紀のほうを向く。

「今日呼ばれた理由、私にはなんとなくわかっちゃったんだ。いつまでもこんなんじゃだめだっていうのもわかってるの。でも、私は私に何が起こってるかわからない。今、すごく怖い」

見ると、陽菜穂の手も小さく震えていた。

ここで何が起ころうとしているのか。僕には見守ることしかできない。やっぱり、僕は外から来た人間なんだ、ということを突きつけられる。

陽菜穂と早紀の間には、僕より長い、そして、どうしようもなくつらい関係がある。今、それを知らないのは陽菜穂だけで、早紀はそれを暴露しようとしているのだろうか。

その結末は、果たして陽菜穂の言う『幸せ』へと繋がるのだろうか。

「これ、見て」

早紀は小さな手帳のようなものを出して、陽菜穂に渡した。それは、ミニアルバムだった。

陽菜穂は震える手でそのページをめくった。

そこには、僕の知らない女の子と陽菜穂が写った写真があった。早紀もいる。絵にかいたような幸せなスナップ写真。それが、次のページにも、その次にも貼れている。

その写真に写るふたりは、明らかに今より幼い。

制服も僕が知る陽菜穂たちのものと違っていて、どうやら中学校時代のようだ。

そして、そのふたりに挟まれて、ベッドの上で笑みをたたえている、僕の知らない女の子がいる。小学校高学年くらいだろうか。

その女の子は入院中なのだろう。病室と思われるベッドの上でパジャマを着ていた。

どの写真も、笑顔で満たされていた。

幸せが、そこに閉じ込められているように感じた。

「これ……」

陽菜穂はじっとその写真を見る。早紀は、グッとこぶしを握り締めて、その様子を見ている。その視線は陽菜穂の手元に釘づけになっていて、ときおり、祈るように閉じられる。

陽菜穂は……不安げにその写真を凝視している。

僕にはこの女の子のことはわからない。でも確実なのは、この写真の子が陽菜穂と早紀の共通の知人であり、何らかのキーパーソンなのだ。
沈黙が流れる。
時間が、とてつもなく長く感じる。
僕は、無力だった。

《陽菜穂》

誰だろう……。

この写真……いつ撮ったの？

早紀ちゃんがいる。高校に入ってから？

でも、若いよ？　中学生くらいじゃないかなこれ……ていうか、私も、これ中学の制服、だよね。

私は、記憶の海をさまよう。

高校以降、早紀ちゃんと会ってからの行動は全部覚えてる。どんな話をしたか、どこへ行ったか、何を食べたか。全部、映画みたいに覚えている。

でも、その中で、顔のわからない人はたくさんいる。きっと、そのとき一緒に遊びに行って、その後しばらく会わなかった人たち。

私の頭の中には、そんな人たちがいっぱい棲《す》んでる。そして、こうやって記憶を手《た》繰《ぐ》るたびに、私を苛《さいな》む。

――どうして忘れちゃったの――

――その程度のものなの――

――あなたには、私たちは必要なかったんだ――

顔のない知らない声が、ずっと私の記憶の中で私を蔑《さげす》む。

だから、記憶を遡《さかのぼ》ることは嫌い。できるだけしたくない。

でも、やらないと『今』が壊れるときがある。そんなときだけ、私は記憶の海を泳ぐ。

早紀ちゃんは、いつも的確にそっとアドバイスをくれる。それでだいたい、記憶の海から目的の『映画』を見つけることができて、そこに『役者』をはめ込んで、完成した記憶のようなものを創り出す。颯真くんのときだってそうだ。

でも、この子は、誰？

ここにいる早紀ちゃんは、誰？

思い出せない。どうして？

中学生のころの記憶は、高校に入ってからの記憶に比べて不鮮明だ。映画のような完全な記憶はどこにもない。

すべてがおぼろげで、霞《かす》んでいる。

記憶がないわけじゃないけど、そこに登場する人が父さんと母さんしかいない。

人の形がなくなった記憶は、思い出じゃない。だから、どんどん忘れていく。

でも、なぜかわからないけど、高校時代からの記憶は全部映画のように残ってる。

どうして？

中学校時代の友達って、私、いたのかな。

誰も、思い出せない。

でも、この写真の早紀ちゃんは？

私と同じ中学の制服を着て、笑っている早紀ちゃんは、誰なの？

そして、私と早紀ちゃんの間にいる、ベッドで笑っているこの子は誰なの？　このベッドは……病室？　なにこれ、全然わからないよ……わからない、けど……。

「これは……私の……幸せ……だった……？」

涙が、溢《あふ》れてくる。

どこから出てきた感情かわからない涙。

私は、きっと何か大切なものをどこかに置いてきてしまった。

いつから、どうして、私はこんな頭になってしまったんだろう。

《颯真》

「陽菜穂、大丈夫か！　陽菜穂！」

急に涙をぽたぽたと落とし始め、どこか遠い所に行ってしまったように身じろぎもしない陽菜穂を、僕はゆすった。

「だめ、だめなの……何も思い出さない。この写真は何？　私の中には何もなかった。空っぽだったよ。でも、すごく悲しい。この涙はどこから来るの？　この子は誰？　この早紀ちゃんは……」

陽菜穂はようやく泣き濡《ぬ》れた顔を上げ、目の前の早紀と写真の早紀を見比べる。

「こんな幸せそうな私を、私は知らない……」

満面の笑みで写っている自分の写真を指で撫《な》でながら、陽菜穂は泣いている。

写真に写る陽菜穂と早紀は、明らかに今より幼い。

僕には、この写真の意味がわかる。ただ、ベッドの上の子は知らない。

そして、早紀はすべてを理解していて、陽菜穂は何もわからない。

今僕ができることは何か、必死に思考を巡らせるが、何も出てこない。

「……ダメか……やっぱりダメなんだ……あたしにとっては、それが切り札だったのに……」

早紀も落胆を隠せない。

「ねえ、どういうこと？　早紀ちゃんは何を知ってるの？　私はいったい、なんなの⁉」

陽菜穂が感情をあらわにする。混乱しているのがわかる。

「この子は誰なの？　早紀ちゃんどうして中学生なの！　全然わかんないよ！」

陽菜穂は取り乱して立ち上がり、この場を駆けだそうと診療所の入口へと走っていった。とっさのことで、僕も引き止められない。

このままひとりでどこかへやってはいけない、と思って、すぐに追いかけようと立ち上がったが、その入口で陽菜穂は阻《はば》まれた。

「父さん！　母さんも！」

どうやら、陽菜穂の両親らしい。母親ががっしりと陽菜穂を抱きしめて泣いていた。

「う……うわあああああああ！　どうして……どうしてえ！」

陽菜穂は、堰《せ》き止めていた感情が母の腕の中で一気にはじけたように泣き出した。

こういうとき、男はいけない。何もできない。僕と、彼女の父親はただ立ち尽くして、その光景を眺めることしかできない。

「どうしたら……陽菜穂が戻ってくるのかな……もう、わかんないよ」

早紀も静かに泣いていた。

陽菜穂に『殺された』早紀は、彼女の言い回しを借りるならば『生前の早紀』、つまり、陽菜穂が昔知っていたはずの自分の姿を見せることを、切り札として考えていたのだろう。

でも、陽菜穂はやはり思い出さなかった。一緒に写っていた女の子にも何か意味があるのだろうが、僕はまだそれを知らない。

ご両親がそこにいた、ということは、連絡許諾済みの行為、ということになる。

でも、僕が呼ばれた理由はなんだ？

今のイベントに、僕は必要だったのか？　何もできなかったじゃないか。

そう思っていた時、ぎっ、ときしんだ音を立てて診察室の扉が開いた。

「ダメだったか」

「……ダメでしたよ、父さん」

白衣を着た年配の男性。紹介されなくてもわかる。早紀のお父さんだろう。

「先生……」

陽菜穂の父親が、すがるような眼で早紀の父を見る。

「申し訳ありません。良い結果にはならず、しかも、後戻りできなくなりました」

「だからそっとしておいてほしいと言っていたのに！」

陽菜穂の父は、早紀の父を責める。

「申し訳ありません」

早紀の父はもう一度深く頭を下げ、同じ謝罪を繰り返す。

その後、何度かやり取りが繰り返されたが、どうも陽菜穂の両親は積極的な治療を望んでいないように見える。

確かに今の一連の出来事は、どうやら治療の一環らしいし、陽菜穂の両親にも周知した上でのことのようだったが、それにしてもこんな治療法があるのだろうか。

陽菜穂は、怒気をはらんだ父親と、陽菜穂と一緒になって泣く母親に連れられて帰っていった。

「どういうこと、かな、早紀ちゃん」

目の前で起こったことの突然さに、僕は早紀に説明を求める。

「あたしも、こんなやり方はしたくなかった。でも、医師である父が言うなら、素人のあたしが口を挟めるものじゃないんです……」

早紀もグッと唇を引き、こぶしを握り締めている。彼女の本意ではなかったようだ。

「挨拶が遅れたね。早紀の父でこの診療所の所長をしている、栖原直孝《なおたか》といいます。

君に、話しておきたいことがあって呼ばせてもらった」

「僕に？」

早紀の父、直孝さんは、少し陰気な雰囲気を持つ医者だった。いや、医者、というより、研究者という匂いすらする。

僕と早紀と、そして直孝さんだけになった待合室で、話は始まる。

「私は、陽菜穂ちゃんがあの状態になる前から知っていて、その後もずっと見てきた。今が好機と考えている」

「え？　好機？」

いきなりそんなことを言われても、僕には何がなんだかわからない。

直孝さんは続ける。

「彼女がああなった責任の一端は私にある」

直孝さんは待合室の椅子に腰を下ろし、上半身をかがめるようにして、組んだ手を両ひざに置き、そこに顔を乗せるような形で僕の前に座った。早紀もその隣に座っている。

直孝さんは、視線をこちらに向けることなく、伏し目がちに、床をじっと凝視するような体勢で話し始めた。

「結論から言おう。この写真の子は、陽菜穂ちゃんの妹で、智菜《ちな》という。この診療所に入院していて、そして、一年と少し前に亡くなった。ちょうど、早紀と陽菜穂ちゃんが高校に上がる直前だった」

「え……」

衝撃的なひと言が、さらっと告白された。

早紀は沈痛な表情で、ただ視線を僕から逸《そ》らしている。

「妹って……亡くなったって……」

これは早紀の言う『殺された』ではなく、本当に亡くなった、ということなのか。いや、きっとそうなのだろう。でもそれじゃ、彼女は、陽菜穂は妹のことも忘れてしまったのか……。

「非常に難しい病気だった。写真は、都会の病院に転院する数日前のものだ。その時点では、病状も落ち着いていて、むしろ好転したとさえ思われた。だが、二日後だった。容態は急変して帰らぬ人となった。よく覚えているとも」

そう話す直孝さんの表情も苦悶に満ちていた。

「じゃあ、陽菜穂はこの妹のことも……」

「当然、忘れている。というよりも、彼女の記憶の異常は、妹の喪失を忘れるために起こったものだ、と私は考えている」

「すごく……仲がよかったの。ほんとに、見ていて幸せになるくらいに……」

ふり絞るように声に出す早紀は、そのあと言葉にならずに嗚咽《おえつ》する。

「病気がちだった智菜ちゃんは、学校にもほとんど行っていない。彼女のコミュニティはまさに陽菜穂ちゃんと早紀の中だけにあったのかもしれない。入院と自宅療養を繰り返していたから、地域との関わりもほぼなかった。智菜ちゃんにはこの三人の世界がすべてだったと言ってもいい。それほどに仲がよかった」

直孝さんは当時の状況を教えてくれた。

つまり、濃密な田舎の地域コミュニティから、智菜ちゃんは外れていたのだ。

「でも、そんなに仲のよかった妹を忘れるなんて……」

「あり得るんだよ。記憶に関する様々な研究結果は、それを示している。いや、記憶、というより、脳、というべきか。彼女は、妹の喪失に耐えられなかった。だから、自分を守るために、妹のことを忘れる、というセーフティーロックが脳にかかったんだろう」

そんなことが……起こるのか。

「今でも、智菜ちゃんが亡くなった日のことを思い出すと、心が痛いですよ。陽菜穂の取り乱しようは、あたしだって忘れたいくらいに。そう、普通はむしろ忘れられなくて、心の中に痛みを伴うくさびみたいに打ち込まれちゃうんです。でも、この痛みがあったから、あたしは……陽菜穂のそばにいられた」

「具体的には、いつごろ……陽菜穂はああなったんですか？」

「推測なんですけど、智菜ちゃんのお葬式が終わってからだと思います。さすがに傷心した陽菜穂は、数日家にこもりきりになって……そしてある日、倒れてここに入院しました……」

「もしかして、オバケの……」

「そうです。松崎さんには話したと聞いて驚きました。普段、その話は絶対にしてこないんですけど」

数日、その数日で、早紀は『殺された』ということなのだろうか。

となると、その時点で両親以外の人の記憶がなくなってしまったということになるのか。

想像もできない。そこからどうやってまた歩みだせたんだろう。

「しばらく入院して、陽菜穂は元気になって、意識も戻りました。でも、しばらくしてあたしがお見舞いに行ったとき、彼女が私を見て言った言葉は、『どちらさまでしたっけ』だったんです。わかりますか、そのときの気持ち」

「いや……ごめん、想像もできない……」

僕も陽菜穂に『殺された』ひとりではある。

でも、それは会って数日の話で、幼馴染の早紀とは重さが違う。

僕も大学受験の失敗を境に疎遠になった友人はいる。忘れたわけじゃないし、記憶にもある。

もし仮にこのままずっと疎遠だったら、普段は意識しない程度には忘れるかもしれない。

でも、再会すれば、きっと掘り起こされる。記憶ってそういうもんだと思っていた。

接触する時間が少なければ、すぐに忘れる。短期記憶というらしい。

けれども、ずっと一緒に親しんできた人なら、それは長期記憶やエピソード記憶と紐づいて、まず忘れないらしい。

陽菜穂の場合、そこの結びつきに異変が生じている、ということなのだろうか。

「その後、陽菜穂は学校を休むようになって、あたしと街ですれ違ってもまったく反応がなくて。それで、記憶の問題が出てるんじゃないか、って気づいたんですよ。ご両親も陽菜穂の異変には気づいていて、あたしたちからもお話ししました」

「しばらく様子を見ましょう、と言って、もう一年以上経ってしまったんだ。本当はもっと早く医療としての診察をするべきだったが……」

「それは結局残酷な記憶を呼び起こす、ということになるんです。勝手な話ですけど、この時間は、あたしたちやご両親の心の整理にも必要だった。高校はすでに決まっていて、あたしも同じ高校だった。だから、初対面を装ってしばらく見守って、支えることにしたんです。でも、そこにあなたが来たんです」

なるほど。

陽菜穂の妹さんの死は、陽菜穂やご両親には当然のこととして、このふたりにも大きな傷となって残っているってことか。

本来なら私情に流されず医療という行為に進むべきだったんだろうけど、僕にはこのふたりを責める資格はない。

「それで、さっき好機とおっしゃいましたが、どういうことなんです？」

僕が今日ここに呼ばれた理由。それと関わることなのだろうと推測はできる。

陽菜穂の悲しみがどれほどのものかなんて、僕には想像もできない。でも、今の陽菜穂が幸せなのかといえば、そうじゃない。もっと悲しくなっている。少なくとも僕はそう思う。

好機、というなら理由を聞きたいし、僕に何かできるなら、すべてを賭けてもいいと思っている。

「いままで、この狭い生活圏内と、早紀のフォローによって陽菜穂ちゃんはぎりぎりの綱渡り状態で日常を送っていた。だが、そこに君が来た」

「……はい」

つい今しがた、早紀にも言われたことだ。

「彼女の日常は、約一年前、妹の死によって壊された。そこからの精神の崩壊を食い止めるために、彼女の脳は安全策を講じた。しかし、君が来たことによって、そのセーフティーロックにほころびが生じ始めている。彼女が自分の異常に気づき、あまつさえ、それに向き合おうとしつつあることがその証《あかし》だと思っている。ここで一気にロックを解けば、もしかすると記憶のすべてが正常に戻るかもしれないんだ」

「一気にって……それで、彼女は大丈夫なんですか？」

「いや、わからない」

「そんな無責任な！」

僕は思わず声を荒げた。

「そうだな。そうかもしれない。だが、彼女の症状は病名すら付けられないものだ。例えば……記憶が一日持続しない、最近のことだけ忘れている、自分の素性から経験なども全部忘れる、などの記憶障害は世界中で記録がある。でも、彼女は特殊なんだ」

「特殊……人のことだけを忘れる、ってとこがですか？」

確かに、僕が調べた中でも、該当するような病名は出てこなかった。

「そう、それだ。あと、彼女は人に対するような記憶を失う代わりに、どうやら行動記憶は完璧に覚えているようなんだ。これは、早紀の観察からの推測だが、ほぼ当たっていると思う」

推測、というが、僕はもうそのことを陽菜穂から聞いている。ということは、やはり陽菜穂は早紀に対して、自分の記憶の異常の詳細を語ったことはないんだ。

「それ、この前、陽菜穂から聞きました。彼女は、読んだ本のすべてを覚えていて、何ページの何行目、と指定されてもすらすらと暗唱するし、記憶は映画のように覚えている、って。つまり、これは昔からの陽菜穂の能力ではない、ってことですか？」

「そういうことになるね。完全記憶能力はＨＳＡＭともいわれて、『非常に優れた自伝的記憶の保持』という意味だ。そして、本を暗唱できるような能力はカメラアイ、といって、見たものの細部をカメラのように脳に焼き付け、いつでも見返すことができる。これはサヴァン症候群の一種としても認知されている」

なるほど、そこは医学的にも検証できている症状というか、形態のひとつなんだ。

僕はちらり、と早紀のほうを見る。

「あたしは陽菜穂から直接は聞いていません。でも、ずっと近くで見てるとわかります。その能力があるからこそ、陽菜穂はギリギリやってこれたんです。これは、対人記憶だけを三日で失う代わりに得た、副作用、もしくはギフトかもしれないんです……でも」

早紀はそこで言葉を切って、ふと寂しそうな眼をした。

「それを直接言う相手は、松崎さんだったんですね」

そう言われると、ちょっと居心地が悪い。早紀からすれば幼馴染の自負もあるだろうに、ぽっと出の僕に陽菜穂が重要な秘密を吐露していたとなれば、複雑な心境にもなるだろう。

「たまたまだよ……」

そう取り繕うしかできない。

「いいえ、違います。陽菜穂は、あなたを気に入ってるんです。少なくとも信頼していますね。学校でもときどきあなたのことを話しています。そんな陽菜穂、今までなかった」

「僕のことを？」

「そうですよ。正直言いますと、ちょっと嫉妬します。陽菜穂の中にあたし以外の人の居場所ができちゃったって。でも、それは好機なんですよ」

「それがさっきの好機に繫がるのか？」

「ええ。本来、人の心の中には、たくさんの人の居場所があってしかるべきなんです。それが、人間関係です。でも、陽菜穂にはそれがない。あの子はこの一年少しの間に、それをすべて失ってしまった」

僕は街で聞いた陽菜穂への陰口を思い出す。

あれが現実で、彼女は実社会において他者との関係を構築することができない。早紀がいなければ、もっと悲惨な現実に直面していたはずだ。

早紀は続ける。

「陽菜穂は自分で違和感を自覚し始めていた。そこに、あなたが来たことで、けっこうとどめになった感じだったんです。だから、今なら彼女の脳がつくったバリケードを崩せるかも、と思ったんですが……問題は、記憶が戻ったときに彼女の心がそれに耐えられるか、なんです。そこでですね」

早紀が改めて僕に向き直る。その真剣なまなざしに、僕も思わず居住まいをただした。

「松崎さんに、あの子の支えになってあげて欲しいんです。あの子も、松崎さんを気に入ってます。その……松崎さんのご期待に添うような感情かどうかはあたしにもわかりません。でも、陽菜穂にとって、あなたはちょっと特別なようです。まあ、グリーンフラッシュの奇跡の前兆、とでもいいましょうか」

「奇跡の、前兆……」

――奇跡なんて、起こらない――

彼女はそう言っていた。そして、その言葉の重みは、彼女が陽菜穂に『殺された』という事実、そして、それがいまだに回復されていないことを指している。今ならわかる。

その彼女が、奇跡の前兆、と言った。

「奇跡なんて信じてませんでした。それがあるなら、そもそも智菜ちゃんを失うなんて悲劇は避けられて、陽菜穂だって今も幸せに笑ってるはずなんです。でも、この一年と少し、あの子はずっと偽りの笑顔を張りつけて生きてた……けど」

早紀はそこで言葉を切り、押し寄せてくる感情にあらがうように手の平で顔を覆い、何度かしゃくりあげる。

「松崎さん、あなたが来てから、陽菜穂は久しぶりに笑いました。あたしにはそう思えた。これはグリーンフラッシュが結んだ奇跡です。あなたのお父さんの写真が繋いだ奇跡です。あたしは、そう、信じたい」

ああ、そうか、奇跡にすがるっていうのは……こういうことなのかもしれない。

そして、僕もその奇跡を信じたくなってきた。

言ってしまえば偶然で済む話だ。でも、人は偶然の中に奇跡を見出《みいだ》す。

世の中の奇跡と呼ばれるものは、そういうものかもしれない。

でも、それでも、運命的な何かを感じざるを得ないのは、僕も一緒だ。

「僕に、何ができるのかな……早紀ちゃん、君は僕に何を望むんだ？」

「わかりません、今は。でも、陽菜穂を取り戻すために、きっとあなたは必要です。

それだけは、心に留めておいて欲しいです」

「わかった」

結局、解決策は何も出てこない。ただ、今日のことは陽菜穂に大きな揺さぶりをかけたことになるから、何か動きがあるかもしれない。直孝さんはそう言っていた。

人の記憶。

僕はまた考える。

忘れていい記憶、忘れてはいけない記憶、忘れていかなければならない記憶。

全部記憶には違いない。そして、僕たちは普段、無意識にそれらを取捨選択し、悲しいことや、つらいことがあっても、時間がそれを癒してくれるようにできている。

今の陽菜穂はどうなんだろう。

もし、早紀の推測どおりなら、陽菜穂は忘れてはならない記憶を忘れ、忘れなくてはならない記憶を保持している、ということになる。日々の行動のすべてを覚えているのに、その中で関わった人たちの記憶のみが欠落していく、というのは、どんな気持ちなんだろうか。

陽菜穂の中の宇宙は、いったいどんな形をしているんだろうか。

そして、彼女を救うということの最適解は、いったいどこにあるんだろうか。

僕に、何かできることがあるんだろうか。

《陽菜穂》

ぐるぐる、ぐるぐる。

私の頭の中で渦が巻いている。

記憶の海は、今日は濁流の川のようにうねっている。

誰？　あれは誰？

ヒントが欲しい。ヒントがあったら、きっと私の記憶の中のどこかにいる。

今日見せられたあの写真。幼い私と、幼い早紀ちゃん。そして、その間のベッドにいる女の子。誰？　誰？

早紀ちゃんを記憶の濁流から探していく。でも、どんなに遡っても、彼女の姿はここで止まる。

――初めまして。同じクラスだね。これからよろしくね――

高校の入学式、クラスメイト全員が教室に集まった最初の日に、私は早紀ちゃんに出会った。

それは確か。

でも、その前は？　あれ？　なんにも出てこないよ……。

高校より前の思い出は、陽炎《かげろう》のように揺らいでいる。

たまに鮮明な記憶があったとしても、そこには父さんと母さんしかいない。

他の人は？　それまでに出会った他の人の記憶が、一切ないよ？

「こんなことって……」

普段は全くわからないけど、こうやって意識して記憶を振り返ると、私にはすべてが鮮明な映像記録として見える。だから、これまでなんとかやってきた。

でも、今日みたいにずっとずっと過去まで遡ることはなかった。必要なかったから。

今日の写真をきっかけに、私の記憶の海は、まるで大時化《おおしけ》のようにうねっていた。

真っ暗な海の中、もうその先が見えない。

「オバケだ……オバケが来たんだ……」

台所の隅のベッドで、私は体を丸くしてひとり寝ていた。

あのオバケの日、私は何も覚えていない。

突然倒れて意識を失って、病院に運ばれたらしい。

入院して、ベッドの上で目を覚ましたのは覚えてる。でも、その前後の記憶は、昔の記憶と同じであやふやだ。

はっきりとした記憶が映像で振り返れるのは、高校の入学式の日から……。

「ああ、そうか」

今さら気づいたよ。

私のこの『映像記録』、始まりが早紀ちゃんだ……高校入学したときに会った早紀ちゃんからスタートしてるんだ。

じゃあ、その前は？

あの、中学生の私と写ってる、中学生の早紀ちゃんは？

真ん中のベッドにいる女の子は？

ガタン、と風で窓が鳴った。

「ひっ……」

怖い。

今日はこの家が怖い。父さんも母さんも今日はいるのに、オバケが階段から降りてきそうな気がする。

オバケって、なんだったんだろう。

私の頭の中に、何がいるんだろう。

時計を見る。夜の十時だ。この辺だと、こんな時間に出歩く人はあんまりいない。
私は着替えて、そっと玄関を出る。
「わあ……」
夕方は曇ってたのに、今は満天の星。
ちょっと雨も降ったからか、春霞もなくて、いつもより星がよく見える。
「こんな空の夕方だったら……」
空はなかなか私たちの思いどおりにはなってくれない。私は、いつから、どうして
グリーンフラッシュを見たいんだろう。
確かに、あの写真に出会ったときに、体中に電流が走るように「見たい！」って思
った。
それは直感というか、使命のような感覚さえあった。
なんでだろう？
これまではただ単純に見たいという思いに突き動かされていた。でも、今日は違う。
私の全部の記憶を遡ったら、入学式の早紀ちゃんから向こうが見えないっていうの
に気づいた。
記憶って不思議。普段そんなこと意識もしてないのに。
じゃあ、その前の私はどこに行ったの？　みんなこんな感じで生きてるの？

過去の自分を思い出せない。だったら、今の自分は誰なの？　私はどこから来たの？

記憶って何？　もう私の頭の中はずっと荒れ狂う海のよう。覚えていた映像のような記憶がぐちゃぐちゃに掻《か》き回されていて、居ても立ってもいられない。誰かに、この気持ち悪さを打ち明けたい。

私が向かうところは、きっとひとつしかなかった。

グリーンフラッシュ、それが導く光の先に、きっと何かがあるんだと信じて。

《颯真》

恐ろしいほどの星空が、僕を寝かせてくれない。

今日は本当にきれいだ。

ここの空は都会より暗いとはいえ、やはり人里だ。もっと暗い空で見る星には劣る。

それでも、今日の透明度は格別といっていい。都会でも年に数回そんな空があって、普段晴れていると思っている空でも、いかに透明度がないのか、というのを実感する日がある。

今日がその日だ。

都会より暗い空は、さらに冴《さ》え渡って、宇宙への窓を開いている。アウトドアの必需品ともいえる双眼鏡は、こんなときに威力を発揮する。

僕はひとり宇宙探訪を楽しんでいた。

「陽菜穂にも見せてやったらどうだろうな」

こんなときにも、陽菜穂の顔が思い浮かぶ。きっとこれは僕の初恋だ。気恥ずかしいけど、そう自覚していた。

でも、そこには大きな課題がたくさんあった。

「ま、初恋は実らないっていうしな」

「なになに？　恋バナ？」

「わあっ！」

暗闇からいきなり声がすると、さすがに驚く。

「颯真くんみーつけた」

「陽菜穂……」

夢か幻か。今しがた陽菜穂のことを想ったら、本人がここにいるなんて。

「なんだよ、もうこんな時間なのに」

そこまで言って思い出した。彼女は、夕方取り乱して家に連れて帰られたばかりだ。

「えっと、もう、大丈夫なの？」

見た限り、陽菜穂は普通だ。ただ、僕の中の陽菜穂は普通じゃない。色々な話を聞くにつれ、彼女の抱えている問題の重さに、陽菜穂に会いたいと思っている僕でも戸惑ってしまう。会って間もない僕でこれだ。ご両親や栖原父娘《おやこ》の苦悩は想像を絶するだろう。

「大丈夫、じゃないなあ。ねえ、少しお話ししたくて来たんだ」

陽菜穂は手にしたローチェアを展開して、僕の隣に座って、空を仰いだ。

「きれいだね」

「ああ。今日は格別だ。夕陽も見たかったよ」

「あは、同じこと考えてる。私もさっきそれ思ったよ」

いつもの明るい感じの陽菜穂だ。でも、この陽菜穂はどの陽菜穂だろう、とふと思う。

夕方の悲しみに満ちた陽菜穂が、本来の彼女なのではないか、とあれからずっと考えていた。

「見るかい?」

僕は双眼鏡を陽菜穂に見せる。陽菜穂はこくんとうなずいて受け取った。

「わあ。海だね、星の海。双眼鏡でこんなに見えるんだ」

「太陽ばっか見て、星はあんまり見ないか」

「太陽だって星だよ」

「あ、そうだったな」

今空にちりばめられている星のひとつひとつが、太陽と同じ恒星だ。それを思うと、宇宙の広大さに驚くばかりだ。

一方で、脳の世界も宇宙と同じ底なしだ、ともいわれている。

「なあ、知ってるか？　宇宙の地図と、脳のニューロン神経細胞ネットワークの画像が似てるって話」

「ええ？　知らないよお」

「ほんとにそっくりなんだぜ、ほら」

僕はネットで検索した画像を陽菜穂に見せる。

「ほんとだ。じゃあ、宇宙もいろいろ考えてるのかな。宇宙にも記憶ってあるのかな」

「あるんじゃないか？　ほら、今見てる星空。全部昔のもんだぜ」

「あ、そうか」

星の光は、宇宙最速の光の速さで何年も、ものによっては何億年もかけて地球に届いている。それはまさに、宇宙の記憶と言っていい。天文学者はその光を追いかけて、宇宙の歴史を紐解く歴史学者でもある。僕たちは広大な歴史の流れの中にいて、それはすべて記憶というものによって継承されていく。

陽菜穂には、その継承されるべき記憶に問題が起きていて、いわば広大な流れの外にいる感じなのかもしれない。だから、映画のようにそれを見ることができるのかな。

「私の記憶にも、星は煌《きら》めいてるのかなあ」

まっすぐに空を見上げながら、陽菜穂はつぶやいた。

「その……今日のことは……」

「そうだね、それだよ」

陽菜穂の声音《こわね》が変わった。明るく朗らかないつもの声ではなく、少し陰りのある静かな声に。

「颯真くんは、何か知ってるんだね？」

「え」

「だって、私が変な子だって知ってて離れていかないんだもん。そんなの、早紀ちゃんしかいなかった」

「いや、変って、そんなことは……」

「私の秘密、はっきり話したの颯真くんだけなんだよ？　早紀ちゃんにも、この前のことは話したことない。でも、まあ、気づいてるみたいだけどね。親友だし」

早紀ちゃんには感謝しかないよ、すごい子だよ。と、誇らしげに陽菜穂は言う。

そして、核心に触れてきた。

「あの写真、颯真くんも見たよね？」

「……ああ」

「早紀ちゃん、きっとあの写真を大切に持ってたと思う。あのアルバム見たらわかるよ。でもね、私にはあの写真の記憶がないんだ」

陽菜穂は寂しそうな声音で独白する。僕は黙って陽菜穂が続けるのを待つ。

「あれは中学生のときの私。それはわかる。でも、早紀ちゃんはどうして中学生の私と写ってるの？　あそこにいたもうひとりの女の子は、誰？」

それは、君の大切な妹だ。亡くなった妹だ。

知っている僕のほうが、きつい。それが原因で記憶に障害を持った陽菜穂を目の前にして、僕はこらえきれなくなった。

「どうして、泣いているの？」

声も立てず涙を流す僕を、陽菜穂はじっと見ている。

「泣いて、くれるんだ。私のために」

時間がどれくらい過ぎたかわからない。気づけばふたりで泣いていた。

僕のは陽菜穂の悲しい過去に感情移入した涙だ。でも、彼女はなんのための涙を流しているのだろう。彼女の心の中はまだ、僕には見えない。

グリーンフラッシュは、果たしてそれを見せてくれるんだろうか。


ひとしきり泣いた後、僕たちは少し話をした。

「コーヒー飲む？」

「いただきます」

ストーブコンロで湯を沸かす間、僕たちは無言だった。

コンロの火の音と、少しずつ沸いていく水の音、そして、海のさざめきと星空のシンとした空気だけが流れていく。

コーヒーを淹れて陽菜穂に渡すと、彼女はひと口すすってふう、と息をついた。そして。

「颯真くん、もう私に関わらないほうがいいと思うんだ」

そんなことを言いだした。

「なんで」

僕の答えはNOだ。彼女は何を考えているのだろう。それを知りたい。

「だって、自分のことを忘れちゃう女の子とか、嫌でしょ？」

「忘れられないように努力するさ」

「もう、一回忘れちゃったよ、私」

「はは、そうだったな。僕との出会いは覚えてないんだ」

「うん、ごめんね。でも、ちゃんと記憶は全部残ってるんだよ？　ただ、そこに颯真くんの顔がないだけ。早紀ちゃんが教えてくれたから、はめ込み合成みたいな感じで私の記憶の中にあるの。その記憶の中の颯真くんと、今の颯真くんは、同じだけど、同じゃない。うまく言えないんだけど」

暗闇で彼女の顔はよく見えない。でも、きっと悲しそうな顔をしている。そんな顔を見て話をするのはつらいから、僕はランタンをつけないでいる。

「僕は、僕だよ。そして、陽菜穂は陽菜穂だ。君がどんな記憶の持ち方をしていても、それは変わらない。そりゃ、僕だってびっくりした。でも、向き合わなきゃいけない」

「向き合う、か」

「そうだ。直孝さんは今が好機だ、と言っていた。一度、診察を受けてみたらどうだろう」

「診察、かあ。やっぱり病気だよね、これ」

「僕にはわからない。でも、早紀ちゃんと直孝さんの話を聞いてみて欲しい。僕ができるのは、君を支えることだけだ」

「私を？」

「ああ。僕はどこにもいかない。君の記憶に残り続けてみせる。何があっても」

早紀だって、それをやっている。彼女の想いは僕の比ではないかもしれない。でも、それなら僕だって……。

「何があっても？　でも、私は颯真くんのことを忘れるかもしれない。ううん、実際一度忘れてる。いつあなたのことを忘れるかわからないんだよ?」

陽菜穂は、誰かを忘れることは自覚しているけど、そのリミットを自覚していない?

そうか、そうだよな。もし、自覚しているなら、僕と三日会わない、という状況を避けるだろうし、他の人にしてもそうだ。何か対策をしていてもおかしくない。

つまり、『三日程度』という基準を把握しているのは、栖原父娘だけなのかもしれない。ご両親はどうなんだろう。さすがに知っているかな。

「忘れさせない。僕は、もう君に忘れさせない」

三日程度。このあいまいな基準。二日はセーフ。

これを死守すれば、陽菜穂の記憶は正常に紡がれる。

でも、日々いろんなところで会う人々の記憶を、すべて死守するのは難しい。

もし陽菜穂のために僕がここにとどまる、という方向性を決めたとしても、生活の基盤を整えるまでに三日なんてあっという間に過ぎ去っていく。

何か方法はないんだろうか。

陽菜穂が三日ルールを自覚すれば、解決方法はあるだろうか。

それとも、根本的に記憶をもとの状態に戻す方法はあるのだろうか。

「どうして、そこまでしてくれるの? 私みたいな変な子に」

理由が必要なら、僕には確固たる理由がある。

ためらいはあった。でも、言うなら、今しかないだろう。

「理由がいるなら、それは僕が君を好きになったから、だな」

「え？　好き？　好きって、えっと……」

言った。

そして、いままでのシリアスな話が吹っ飛んでしまったように、陽菜穂が泡を食った顔をしている。

「好きなんだよ、陽菜穂。僕は君を好きになってしまった。これもグリーンフラッシュの奇跡かもしれない。僕たちは、グリーンフラッシュで繋がっている気がする」

もし陽菜穂がこんな特殊な状況でなくても、僕はきっと好きになっていた。そんな気がする。それもグリーンフラッシュの奇跡かもしれない。

「そっか、好き、か。そういう感情と記憶、いいかもしれないね。きっと私も颯真くんのこと好きだよ。よくわかんないけど」

「わかんないのかよ」

「だね。言葉にすると難しい。でも、そばにいてくれてありがとう、って思ってる」

「そうか」

今はそれで充分だ。拒否されなかったことは喜ばしいと思える。

好きと伝えてその日から蜜月の恋人になるほうが、むしろ気持ち悪いものだ。今はこれでいいんだろう。

「嬉しいよ。ありがと、颯真くん。あなたのこと絶対に忘れたくないって、私も思う。でもね、私には忘れない方法がわからない。変だね。他のことはむしろ異常に覚えてるのに。本を読んだら、全部のページのどこに何が書いてあるか、すぐに検索できちゃうくらい覚えるのに、ある日突然記憶の中の誰かがいなくなる。いなくなっても気づかない。気づいたときには、もうその人は知らない人なの。そこで初めて、おかしいなって思って、それが丸一年以上。友達もいなくなるよね」

友達は多くない、早紀の言葉を思い出す。

多くないんじゃなくて、誰もそばに残らなかったんだ。早紀だけがそれをずっと支えていた。

「今日は帰ろう。送るよ。もう遅い」

「ん」

陽菜穂は素直に立ち上がった。僕はこの前のように彼女のローチェアを持ってあげようと、椅子を畳み始めて、気づいた。

そのパイプに書かれている『ち』という平仮名と、その先にかすれて読めなかった痕跡。今ならわかる。

「そうか、これ……」

「どしたの？」

「いや……行こうか」

　このローチェアは、たぶん妹の智菜ちゃんからのプレゼントなんだろう。

　それも忘れているなんて。

　悲しすぎる。たとえ、つらい記憶でも、大好きな人の想いまで忘れてしまうなんて。

　僕は、夜道を陽菜穂と歩きながら、決意する。

　陽菜穂の記憶を取り戻すためなら、僕は道化にでも悪者にでもなってみせる、と。

　陽菜穂を無事に送り届けてから、僕は、早紀にメッセージを送った。

　僕は、彼女のヒーローになれるだろうか。いや、評価はどうでもいい。僕は、今やるべきと思うことをする。それだけだ。そして、それには栖原父娘の協力が必要なんだ。

第四章　閃光の彼方で

《颯真》

次の日の午後、僕は再び栖原診療所にいた。

早紀と情報交換をするためでもあるけど、もっと積極的に陽菜穂を知るためでもあった。

「で、松崎さんは何を聞きたいんです？」

今日は診察室で早紀と直孝さんに会っていた。他の患者さんは誰もいない。

「彼女の記憶、戻す方法はないんですか。この前、好機って言ってたのは？」

確かに、直孝さんは好機だと言った。ならば、なんらかの方法を考えていると思う。

「そうだね。君というイレギュラーが彼女に関わったことは、大きな刺激になっていると思う。記憶というのは、大きな刺激を受けるとバランスを崩す。けれど、それが元に戻るときというのは、ずいぶん些細なことがきっかけになることも多い。私はそこに期待をしているんだが」

「具体的には？」

僕が聞きたいのは、具体的な治療方針だ。彼女の記憶がある種の病気なら、それに対応する治療方法というものがあるんじゃないだろうか。

だが、直孝さんは静かに首を振る。

「絶対的ではないが。方法はある。だが、リスクも大きい」

「聞かせてください」

僕は覚悟を決めてきた。どんな方法であれ、どんなリスクがあるのであれ、僕は知っておきたい。やるかやらないかは別にして、選択肢のひとつとして。

「この前、その前哨戦をやってみたじゃないですか。でも、陽菜穂の混乱が増すだけだった」

妹との写真のことを言っているのだろう。早紀の表情は沈痛だ。

「陽菜穂ちゃんは妹さんの死を受け入れられていない。だから記憶を封鎖したと思える。ひとつの方法としてはその記憶を思い出させる、ということだが、それには相応のリスクがある。わかるね？」

「わかるつもりです」

直孝さんも難しそうな表情をしている。

「私は医者だ。治せるなら治したい。そう思ってこの一年以上、ずっと見てきた。だが、見守ってきただけだ。そこに踏み込むのは、医者としての領域を超えてしまう。

私にはできない、でも、君なら……できるかもしれない」

「何かあるなら、言ってください。僕は、覚悟を決めてここに来たんです。僕だって、陽菜穂を元に戻してやりたい。誰かを忘れることが確定している人生なんて、そんなのあんまりだ」

僕は早紀のほうを見る。

そう、僕も早紀も、一度は陽菜穂に『殺された』んだ。そして、二度目が必ずある。これからの人生、三日と空けず彼女のそばにいることを継続するなんて、絶対に無理なんだ。もし、家族になったとしても、それには膨大な努力が求められる。それほど、三日という時間は脆《もろ》いんだ。御両親の努力はいかほどのものだろうか。

早紀は僕の視線を受け止めた後、少し目を瞑って顔をうつむける。そして、目を開けて視線は合わせないまま話し始めた。

「あたしだって、あんまりだと思いますよ。陽菜穂にとっても、あたしにとってもね。でも、ご両親はこれまで治療に賛同してこなかったんです。そうなると、どうしようもなくて。この前の一件は相当無理を言ったんです。でも失敗しました。今後、御両親のガードはさらに固くなって、新たな治療を試す、なんてことはできないでしょう」

「そんな……」

じゃあ両親は陽菜穂の治癒を望んでいない、ってことなのか？　そんなことって……。

「私も医者だ。何度か説得はした。しかし、確実な治療方法はない上に、試した結果、さらに重大な障害を引き起こすリスクすらある。そんな治療方針に納得する親はいないだろう。だから、時間をかけて様子を見るしか選択肢がなかった」

直孝さんが早紀の言葉を補足する。

「保護者の同意のない未成年への治療行為は違法だ。緊急性がある場合は別だが、陽菜穂ちゃんの場合、命の危険という意味では、緊急性がない。私にはこの地の医療を受け持ってきた責任があった。それを踏み越えるのはためらわれたのだが」

「ちょ、ちょっと父さん！」

ただならぬ雰囲気を察したのか、早紀が直孝さんをたしなめる。何を言おうとしてるんだ。

「最近駅の近くに新しい病院ができてね。私の役目もそろそろ終わりそうなのだよ。まあ、見てのとおりでね」

診察室から見えるがらんとした待合室。診療所は開いてるのに、確かに患者さんがいない。

「昔からの馴染みの患者さんはまだおられるが、それもどんどん少なくなっていく。

最新医療設備のある新しい病院のほうに移った方もいる。私はそれでよいと思っている。だから、最後に陽菜穂ちゃんの治療に決着をつけたいと思っている」

どういうことなのか。僕は固唾《かたず》をのんで成りゆきを待つ。

「陽菜穂に、智菜ちゃんのことを伝える気ね、父さん」

早紀が直孝さんに先んじて、その思惑を口にした。つまり、早紀もずっと考えていたことなのだろう。

「そうだ」

直孝さんは短く断言する。

「でも、それは、リスクが大きすぎないですか」

僕が口を挟んでいいものかはわからない。

あまりの悲しみに押しつぶされないように、陽菜穂は記憶をカットした。写真を見ても思い出さないほどに。

だから、それがどれほどの危険をはらんでいるかは、僕にも想像できる。

「だからこそ、君の存在が重要となる」

「え？　僕が？」

僕に何ができるというのだろう。

「君は、陽菜穂ちゃんの恋人ではないのか？　智菜ちゃんを超える大切な人がいれば、陽菜穂ちゃんが立ち直る可能性はぐんと高くなる」

「いや、待ってください」

なんでそんな話になるのか。

確かに僕は陽菜穂に好意を持っている。そして、踏み込んだ。

なんなら、昨夜告白めいたこともしたし、陽菜穂は一応それを受け入れてくれたと思っている。

しかしだからといって、今日から恋人です、というのも何か違う気もする。大切な存在であることは否定しないけど。いやむしろ、僕としては、そんな簡単な言葉で言い表せる関係じゃない。

「確かに僕にとって彼女は大切です。でも、智菜ちゃんと比べてどうとか、そういう話でもないと思いますし」

「確かにそうだ。私が先走ったようだな。すまない」

勢いあまってここに来たものの、早紀も直孝さんも一年以上もの間、攻めあぐねていたのだ。すぐに解決策など生まれるはずもなく、僕たちは途方に暮れた。

「奇跡か」

グリーンフラッシュが呼ぶ奇跡。もしそんなものがあるなら、僕はそれにすらすがりたい。そんな気持ちになってきた。

結局進展はない。でも、栖原父娘も陽菜穂のことは気にしている。協力は惜しまないと言ってはくれた。

僕に何ができるだろうか。

ここにいられる時間は、もうそう長くはない。経済的事情は現実を突きつけてくる。バイトでもしながら滞在すればよかった、と後悔しても始まらなかった。

《陽菜穂》

今日は曇りだったし、朝から調子が悪くて学校にも行ってないし、颯真くんにも早紀ちゃんにも会っていない。

そして、今夜も誰もいない。

こんなにひとりぼっちの時間も、久しぶりな気がする。そう思うと、早紀ちゃんはいつも側にいてくれたし、ここんとこは颯真くんもそうだな。

父さんも母さんも夜は漁に出る。仕方ないし、今までもそうだった。

ずっとひとりで、留守を守ってる。

でも、最近ずっと何か変だ。

そう、オバケだ。オバケが降りてくる気がして仕方がない。

私が倒れたあの日以来、すべての荷物はこの台所の隅に出されて、あの部屋は空っぽのまま封印された、って聞いた。

あのあたりの記憶が、私にはない。今まであまり気にしていなかったけど、この前、早紀ちゃんが私のこの変に鮮明な記憶の始まりだって気づいて、それより前の記憶がすごくふわふわしていて、その後の記憶は気持ち悪いくらいに詳しく覚えている。

でも、そこに人の顔がない。父さん、母さん、早紀ちゃん以外の人がいない。最近そこに颯真くんが加わって、ずっと途切れずにいてくれている。

そしてあの写真だ。私の記憶の中には早紀ちゃんも、高校の入学式の日より前にはいないはずなのに、あの写真はなんなのか。

ずっと、それが私の頭の中にある記憶の海を掻き混ぜている。気持ち悪い。ひとりになると、余計にその感じが強くなる。変になりそう。

「よし」

私は決めた。この不快感の原因があの部屋のオバケなら、文句のひとつでも言ってやりたい。あの部屋を開けてみよう。

ずっと、そんなことは思っていた。オバケなんていないんだ。そんなのがいるなら、ああやって部屋のドアを打ち付けても、すうって出てくると思う。お札貼ってるわけじゃないし。

ただ、あの事件があってから、我が家の二階はほぼ誰も上がらない。私の部屋が台所の隅になってるのも、一階の両親の部屋以外に、他に空いてる部屋は二階にしかないからだ。たまに父さんが二階へ物を取りに上がるくらいで、ほんとに誰も近寄らなくなってしまった。

でも、父さんも母さんもオバケが怖い、なんて雰囲気はないし、オバケの話が出ることもまずない。ただ、『二階は気がよくないから上がるんじゃない』って言うだけ。

私も馬鹿正直にずっと守ってたし、なんとなく近寄りたくないっていう気持ちがあったのは確か。

でも、今は違う。あの写真を見てから、どうしてもあの部屋を開けたい衝動が高まってる。

理由は全然わからない。どうして急にそうなるのかもわからない。

でも、気持ち悪いんだよ。この前、颯真くんにもこの話をすればよかったかな。

階段の電気をつける。大丈夫。明るい。明るいとこにオバケなんて出ない。

でも、やっぱりちょっと怖い。また、倒れたらどうしよう。今は、ひとりしかいない。

時計を見る。七時。まだそんな遅い時間じゃないよね。

『ご飯食べた？　なんなら御馳走するけど、こない？』

万が一に備えて、颯真くんを呼び出す。それに、今日はまだ会ってないから、ほんとは会いたい。

でも、恥ずかしくて言えないから、ご飯で釣ってしまった。いけない子だなあ、私。

《颯真》

陽菜穂からメッセージが来た。

ご飯は嬉しいが、それよりなにより、今日は雨模様のベタ曇りの上、調子が悪いとかで会えなかった。様子も見に行きたかったし、そばにいる口実ができることはありがたい。

昨夜、僕たちは気持ちを確かめ合った。と思いたい。ちょっといなされた感じもあるけど、まあ劇的な告白からの熱愛なんて、物語の中だけの話だ。気持ちを伝えて避けられてないなら、それはＯＫなんだろう。

早紀たちが言う異分子の僕が陽菜穂により踏み込めている今は、やはりチャンスなのかもしれない。

あの写真は陽菜穂の記憶を揺さぶったはずだ。だからこそ、取り乱した。

でも、まだ決定打になっていない。

少しずつ重ねていけば、いずれ彼女の記憶のロックが剝がれ落ちるんじゃないか。

そんな期待、いや、不安かもしれないが、それがずっと僕の中にある。

記憶について、僕はさらに勉強した。

確かに、記憶喪失にはショック療法や、過去に体験したことの再体験などをさせる方法もあるようだ。胡散臭《うさんくさ》いけど逆行催眠療法なんてのもあるらしい。確実なことは何もないけれど、効果のあった方法というのはいくつもある。

そのひとつとして、早紀が一縷《いちる》の望みをかけていたのがあの写真だ。効果がなかった、とは思いたくない。あれは、陽菜穂にとっても早紀にとっても、そして、星になった智菜ちゃんにとっても大切な一枚のはずだ。

小走りに陽菜穂の家へ向かう。何か気が急《せ》いてしまう。ここに来てからいろんなことがありすぎて、もはや僕が失敗した過去なんて、どうでもよくなってしまっている。むしろ、そんな過去があることすら、ありがたく感じるほどだ。それくらい、陽菜穂の記憶の問題は心を締め付ける。

ようやく到着する。明かりがついているが、ふと違和感を覚える。

「二階に明かり？」

前来たときは、一階しか通されていないが、陽菜穂は二階にオバケが出るから今は使っていない、と言っていた。

なんだか嫌な予感がする。

「陽菜穂、来たよ。調子はもういいのか?」

僕は玄関を開けて声をかける。だしのいい匂いがする。

「あ、いらっしゃい颯真くん。ごめんね、急に呼び出して。もう平気だよ」

「いや、ご飯はありがたいし、心配だから様子見に来れてよかったよ」

本命はご飯じゃない。陽菜穂と顔を合わせることだ。

陽菜穂の様子はいつもと変わらない。でも、彼女の頭の中がどうかはわからない。偽りの記憶と偽りの笑顔。もし、それで一年余りもの歳月を過ごしていたとなれば、その重圧や孤独はどれほどのものだろう。

台所に来る途中にも確認した。二階へ向かう階段の電気がついている。外から二階に明かりがついているように見えたのは、この光が漏れていたからだろう。明るければ、なんの変哲もない階段だし、その先に見える廊下だって、特に怖さを感じるものじゃない。

ただ、二階には誰も上がらなくなった、と言っていたはずだし、今日もご両親は漁に出ているっぽい。

「おまたせ。今日は鯛の粗汁《あらじる》とイカのお刺身。うちの両親が獲ってきたぴちぴちだよ」

「こりゃすげえ」

新鮮なイカの刺身は透きとおってると聞いたことがあるけど、こいつはほんとに透明だ。

ワサビ醬油《じょうゆ》でいただくと、とてつもなく美味いのだが、醬油をかけるとうねうね動き出すんだからびっくりだ。

「コリコリだな。こんなの食ったことねえ」

「んふ、漁港ならではでしょ。私たちはこんなのばっかり食べてるけど」

「陽菜穂、都会じゃこんな刺身食えねえぞ」

「都会かあ。そうだなあ、刺身は美味しくないかもだけど、人との関わりは小さくて済むかなあ」

突然陽菜穂がそんなことを言いだした。

言いたいことはわかるつもりだ。彼女はこの狭い田舎町で、どんどん人を忘れていく。いや、すでにもうほとんどの人のことがわからないんじゃないだろうか。

普通に暮らしていて、三日以上時間をあけずに常に会う人物なんて、家族くらいしかないだろう。職場や学校関係でもちょっと連休があれば三日なんてあっという間だ。

思えば、陽菜穂はいつも笑っていた。会うと、「ヤッホー」と朗らかな笑顔で手を振ってくれる。

でも、その笑顔の向こうには、きっと絶望的な孤独と寂寥《せきりょう》があったに違いない。

そんな陽菜穂が、人の関係が薄い都会なら、と思うのもわかる。

ただ、実際にはそうはいかない、というのも僕はよく知っている。働かなきゃ生きていけないし、働く以上は人間関係が発生する。三日で忘れていれば、むしろ田舎より問題は大きくなるかもしれない。

「都会も、そんなにいいとこじゃないぜ」

「そっか」

陽菜穂は僕の言葉をあっさりと受け入れる。本気で言ったわけではないようだった。

「ところで、実は今日は、颯真くんにお願いがあって呼んだんだよ」

「お願い？」

突然あらたまったような口調で、陽菜穂がそんなことを言いだす。

「うん。あのね、オバケ退治、手伝って？」

僕としても、一飯どころではない恩義もある。できることなら何でもするつもりだが、陽菜穂の口から出てきたのは、予想外のひと言だった。

「オバケ退治？　って、二階の？」

「うん。ほら、ひとりだとさ、前みたいに倒れたりするとまずいと思って。こんなのお願いできるの、颯真くんしかいないし」

「僕は除霊の経験とかないんだけど」

「私だってないよ。へーきへーき、二階の部屋のドア開けるだけだから」

陽菜穂は明るく、さもたいしたことがないような言い方で笑っている。

でも、僕は知っている。

彼女が倒れた本当の理由が、オバケではないことを。

陽菜穂はまだあの写真に写っている女の子が妹の智菜ちゃんだとは気づいていない。

そして、あの部屋が封印されている本当の理由と、そこにあるものに、僕はなんとなく感づいていた。

止めるべきだろうか。

でも、止めるとして、どんな理由で止めればいいんだろう。

陽菜穂は、彼女なりに決意してあの部屋を開けようとしている。

これは、直孝さんが言っていた『動き』なのかもしれない。それなら。

「わかった、立ち会うよ」

僕を呼んでくれたのは正解だ。何かあっても対処できる。もし、ひとりで倒れてそのまま、なんてことになったら大変だった。

ひととおり台所の片づけを終わらせると、いよいよ二階へ上がるときがやってくる。

ここに来るまでのわずかな時間、片づけをしながらも、奇妙な緊張感に包まれていた。

「これ」

陽菜穂に手渡されたのは、結構がっしりとした大きな釘抜《くぎぬ》き。

「ものすごく打ち付けてあるんだ。私の力じゃ外せないかも」

「頑張ってみるよ」

僕はもちろん、その扉を見るのは初めてだ。そして、戦慄する。

扉はドアノブがついたごく一般的なものだ。古めかしい感じはするものの、なんの変哲もない引き扉だ。

ただ、ドアと壁をまたいで、これでもかというほどの板が打ち付けてある。

「これは……」

本当に何か呪われたものでも封じ込めているかのような、無言の迫力を感じた。

無秩序に張り巡らされた板が、極太の釘で渾身《こんしん》の力で打ち付けられている。釘によっては頭が折れてめり込んでいるが、お構いなしに、何本も、何本も打ち込んでいた。

僕は、これをやった人、おそらくは陽菜穂の父親だろうが、そのシーンを想像して身震いした。

こうせざるを得ないほどの感情が、視覚的に僕を襲ってくるような気がした。

「ん……んー！」

まずは陽菜穂が釘抜きを板の間に突っ込んでこじあけようとしてみるが、ビクともしない。

「やっぱだめだあ。颯真くん、交代」

「あ、ああ」

開けていいんだろうか。

僕はこの中に何があるかは知らない。でも、予想はついている。

それを見たとき、陽菜穂はどうするだろう。

「ねえ、陽菜穂、本当に開けちゃっていいのかな……」

僕はもう一度確認する。

「開けなきゃ、いけないんだよ。もう、オバケはいらない。私の頭の中のオバケは、もういらない」

「もう、いらない、か」

オバケじゃない。

陽菜穂の記憶を歪めたのは、君の最愛の妹で、君自身が持っている愛情なんだ。それが君自身が壊れてしまうのを、きっとこのオバケが防いでくれた。

陽菜穂の願いは叶えたい。彼女が自分で今を変えようとしているんだから。

でも、僕はここを開けるのが怖い。だからなのかどうなのか、板はびくともせず、僕たちの侵入を拒み続けている。

「だめだこりゃ。釘も太いし、がっちりと打ち込まれてる。この枚数剝がすの、骨だな」

僕は半分ガッカリし、そして半分はホッとした。この板は、陽菜穂の記憶のロックのひとつだ。これを開けるのがよいのか悪いのか、僕にはわからない。

だが、陽菜穂は違っていた。

「うーん、そっか……じゃあ、ちょっと待ってて」

陽菜穂はひとり、階下へと降りて行った。彼女はなんとしてもここを開ける気のようだ。

ガタン、と風で窓が揺れた。

「ひええ、雰囲気ありすぎてびっくりするぜ。おいおい、荒れてきたのか？」

日中より天候は持ち直したと思っていたけど、いつの間にかまた雲が湧き出て風が強くなっていた。

古い家の窓は立て付けが緩いのか、強風に震えてガタガタと鳴り始める。

雨がぽつぽつと窓を叩き始めたと思ったら、それはあっという間に豪雨になった。

「ゲリラ雨かよ」

遠雷が聞こえる。春の嵐とはよく言うが、ここまで急変するとは。

野営していると気象情報には敏感になるけど、今日はこんな悪天候になる予報じゃなかった。局地的な悪天候は予測できない。それにしても、よりによってこんなときに……まるで、智菜ちゃんの魂が荒ぶっているように、僕には感じられた。ここを開けるな、と。

雷雨になってきた。遠雷はいつの間にか近づいていて、稲妻が走ったかと思うと、ドン、という衝撃とともに轟音《ごうおん》が鳴り響いた。

「マジかよ」

二階の電気、いや、おそらくこの辺一帯の電気が全部消えた。停電だ。

真っ暗な『オバケの出る二階』にひとり取り残されるのは、さすがにちょっと嫌だ。しかも、ここだけじゃなく全部が消えてるので、本当に真っ暗。

そんな中、ひたひたと階段を上ってくる足音が聞こえる。陽菜穂が戻ってきたようだ。

いや、陽菜穂だよな？　彼女以外に上ってくる予定はないんだからな？

それで違っていたら、いよいよほんとにホラーだ。といって、今は明かりになるようなものは持ってない。

「いや、待てよ」

スマホがある。画面の明かりでもないよりはましだ、と取り出した瞬間だった。

また稲妻が走る。その一瞬の光に浮かび上がったのは、巨大なナタ、いや、斧《おの》？

そして、落雷の轟音。

「ひいっ！」

「きゃあ！」

僕の悲鳴に重なって、陽菜穂の声も聞こえた。

よかった、やっぱり陽菜穂だった。でも、その凶器めいたものはいったい……。

「なんかいきなり天気悪くなってきたね。停電とか聞いてないよー」

「そりゃ予告で停電とかないからな。それより何持ってきたんだよ？」

「ん？　もうこれで扉を叩き割るっていうのどうかな、って」

「そりゃちょっと豪快すぎないか」

陽菜穂が手にしているのは、柄の長い斧、といっていいのかな。

木を切り倒すのに使えそうな感じだ。

確かにこれなら力も入るし、木製のドアなら叩き割れるだろうけど。

「後で怒られるだろ」

「いいよ、そんなの。もう、私もなりふり構ってらんないの。お願い」

陽菜穂は斧を僕に託す。

僕が叩き割るのか、この扉を。

いいのか？　本当に。

でも、陽菜穂の決意は本物っぽい。

雨が窓を叩き、風が家を揺らす。ごうごうと大自然の暴力が、音になって聴覚を刺激する。

不穏な雰囲気しかない。それに、真っ暗で手元も見えない。

「はい」

と思っていたら、陽菜穂が懐中電灯を持っていた。

「景気良く、やっちゃっていいよ」

僕はまだ迷っている。迷っているけど、これは陽菜穂の願いだ。

陽菜穂の脳が封印した記憶の源《みなもと》が、たぶんここにある。そして、それを開く役目が僕に託されるのなら、僕はやらなくてはならない。そうだ、覚悟はもうとっくに決めていたんだから。

「しっかり照らしといて」

「うん」

僕は斧を振りかぶる。広い廊下でよかった。思いっきり振り下ろすことができる。

ドスン、という重い衝撃が手に伝わる。斧なんて使ったことがないけど、長い柄と刃の重さで木製のドアには十分効果がありそうだ。

めり込んだ斧を抜くのに少し手間取ったりしたものの、そこに穴を穿《うが》つのに時間はかからなかった。いったん貫通してしまえば、もうあとは面白いように破壊できた。人が通れるほどの空間ができたところで、僕は手を止める。

「陽菜穂、部屋に入れるよ」

「う、うん」

部屋の中は、停電中ということを差し引いても真っ暗だ。おそらくは、外からも見えないように窓も打ち付けられているんだろう。

「この中に、なにがあるんだろう。私は、もうオバケに負けない……！」

陽菜穂は決意を新たに、懐中電灯を照らしながら、頭をかがめて穴から部屋へ入った。すぐに僕も続く。

部屋の中は、少しホコリの匂いがした。一年以上閉め切られてきた部屋だし、無理もない。

暗闇ながらも、部屋の広さを感じる。がらんとした空間には、独特の反響があるから。

最初、陽菜穂が照らした方向には何もない。ただ壁と空間があった。そこから、反対方向を照らした瞬間、陽菜穂の動きが止まった。

「ねえ、これ、なに？」

「こいつは……」

やっぱり、という思いだった。

ここは、かつての陽菜穂と、智菜ちゃんの部屋だ。

扉を境に、部屋の左右にそれぞれのスペースがあったのだろう。

がらんとした右側が陽菜穂の、そして、いま照らされている左側には、小さなベッド、勉強机、その他の調度品がそのまま残っていた。椅子の背には、赤いランドセルがかけられたままになっている。

机の上には、二年前の年度が書かれた時間割表が透明マットに挟み込まれていた。

陽菜穂はゆっくりと、智菜ちゃんのスペースに歩を進めた。そして、ひとつひとつを確かめるように照らしながら見ている。

タンス、ベッド、机、どれもがまだサイズが小さく、その所有者の幼さを物語る。

ぐるりを見渡すのにそう時間はかからない。陽菜穂は、椅子にかかるランドセルに手を触れる。そしてふたを開けると、そこには『みさきちな』と、ひらがなで名前が書いてあった。僕も思わず緊張する。ついに、陽菜穂は智菜ちゃんの名前を見てしまった。

かつて愛した妹、今は記憶の片隅にもない。僕と早紀が知っている、彼女の妹の名前を。

「誰、なの？　ねえ、これが、私のオバケ、なの？」

陽菜穂は静かにつぶやきながら、そのランドセルを撫でていた。

「ねえ、颯真くん、ちな、って誰？　私、知らないよ……ううん、違う……覚えてないんだ。忘れちゃったんだ……私の記憶のどこにも、この名前がないよ……ねえ、どうしてなの？」

その声はだんだんと泣き濡れていく。

僕は何も言えずに、ただ呆然と立ち尽くすことしかできない。

早紀から智菜ちゃんの話を聞いてから、予想はしていたんだ。この部屋に智菜ちゃんに関するものがあって、そこに入れないようにするためにオバケの話があったんだ、と。

でも、智菜ちゃんのことを僕が陽菜穂に伝えるのが、正解かどうかわからない。それに、何を言おうとしても、今は声が出ない。まるで、声帯がマヒしたかのように、言葉が枯れてしまったかのように、僕は何も言えなかった。

「わかったよ、颯真くん。私のオバケは、きっとこの子。とっても大切だったこの子。でもね、何も思い出さない。この子はどこへ行ったの？　私に何があったの？　どうして、誰も何も教えてくれないの⁉」

ショック療法は記憶の復元に効果がある。様々な記憶に関する記述にもそうあった。でも、今の陽菜穂には効果が出ていないようだ。

ただ、状況証拠の揃ったこの部屋で、陽菜穂は智菜ちゃんの存在を理解した。そして、記憶を全部探したけど、やっぱり出てこなかったんだろう。

「ああああああああ！」

明らかに絶望と憔悴で泣き濡れている陽菜穂。静かな涙は叫びとなって、彼女はその場に崩れ落ちた。

「ごめん、ごめんね！　私、あなたのことを忘れてる！　思い出しもしない！　あなたは、どうしてここにいないの！」

陽菜穂はおそらく、智菜ちゃんがいないことの意味を理解した。記憶にいないのではなく、この世にいないことを。

これでいいんだろうか。

記憶になくても理解をした。それで何かが変わるんだろうか。

「ねえ、颯真くんは知ってるの⁉　早紀ちゃんは？　父さんと母さんは？　みんな知ってるのかな？　私だけ、私だけが……！」

陽菜穂は涙を流しながら、僕にすがるように手を伸ばしてきた。

そうだ、陽菜穂だけが何も知らなかったんだ。それは、優しい世界のように見えて、残酷な世界だった。

その壁はなくなり、陽菜穂は真実を知った。ただ、知っただけだ。何も覚えていない。

人の記憶の一部は忘れるようにできている。だが陽菜穂の場合は、時間とともに悲しい記憶が癒されていくのとは違う。強制的にシャットダウンされた記憶のおかげで、現在の記憶に障害が残っている状態だ。

記憶という情報が正しく整理されずに、すべての流れを阻害している。

幸せというのは、連綿とつづられてきた記憶の先にあるんだ。

陽菜穂は幸せが続いてほしいと言った。ならば、彼女の幸せのために必要なのは、この過去との再会と克服だ。

早紀も直孝さんも、そして、おそらくはご両親も、智菜ちゃんのことを思い出すことで、陽菜穂へ及ぼす悪影響を恐れていたんだろう。それはわかる。

近しいものであればこそ、余計にその懸念に縛られるんだろう。

僕は違う。

僕はよそ者だ。異分子だ。でも、だからこそ、陽菜穂のそばにずっと居続ける選択肢だってとれる。彼女を守り続ける選択は、むしろ近しくなかったからこそ、できるんじゃないだろうか。

人は出会い、惹かれ合い、そして、共に歩むことを決める。共に歩むのは、たいていの場合もともとは異分子である他人だ。

だから、僕は陽菜穂と他人でよかった。

足元にすがってくる陽菜穂を、僕は身をかがめて、そっと抱き留めた。

「颯真くん……」

陽菜穂は、静かにその身を僕に任せた。僕は、優しく彼女を包み込みながら、耳元で囁《ささや》く。

僕は決めた。ここに至っては、智菜ちゃんのことは陽菜穂に伝えておくべきだ。

「よく聞いてくれ、陽菜穂。その子は、智菜ちゃんは、君の妹だ」

「…………うん」

背中に回った陽菜穂の手が、きゅっと僕の服を摑んだ。

「どんな事情があったのかは知らない。でも、智菜ちゃんは亡くなった。僕が知っているのはそれだけだ」

「……うん、そうだね。私が殺したんだ……」

「え？」

僕はぎょっとした。何か記憶が戻ったのか？　いや、それにしても……！

「ねえ、颯真くん。記憶って、何？　こんな大切なことを覚えていない私の記憶って、ポンコツすぎない？　ちなちゃんって、あの、写真の子だよね？　あの子が私の妹……でもね、そこまで知っても、私はあの子のことを思い出さないよ。なんで？　それって、私があの子を殺したことになるよ。記憶の中で」

「………陽菜穂」

言葉にならない。早紀と同じ表現を陽菜穂もする。

殺した、と。

大切な存在がもし亡くなったら、みんななんと言うだろう。

きっとこうだ。

『あの人は、みんなの思い出の中にずっと生き続けるよ』

そうやって、人は悲しみを時の流れの中に放流し癒していく。それが生きていくということだし、自分たちもいつか誰かの記憶の中に、思い出として生き続ける日がやってくる。

でも、陽菜穂の中にはそれがない。

智菜ちゃんは、陽菜穂の記憶の中で生き続けることができなかったのだ。

「残酷すぎるよ……ねえ、私は、大切な人を失ったことも覚えておけないの？ これから先、たくさんの人をこうやって忘れていくの？ だったら、私の人生ってなんなの？ もう、こんな独りぼっちは、いやだよ……」

陽菜穂はそっと身体を離した。そして、慈しむように、またランドセルを手に取る。

「ねえ、颯真くん。私、思い出せるかな。ちなちゃんのこと。みんなのこと。颯真くん、言ってたよね。颯真くんは高校のころの友達と疎遠になったって。でもね、私、中学時代の友達の顔すら、ひとりも覚えていないんだ。でね、気づいたんだ。それって」

止まらない涙をぬぐうこともせず、陽菜穂はランドセルをさすりながら決定的なひと言を放った。

「わたし、きっと早紀ちゃんも……殺してたんだね……」

ランドセルを持っていた手から力が抜け、床に落ちた。

陽菜穂はその場にうずくまって、ただ泣いている。

残酷な現実に気づいてしまった。でも、それでもなお、彼女の記憶は戻らない。

最悪だ。

これでは、彼女はぬぐいようのない罪悪感を背負ったまま、時間に記憶が癒されることもなく、ただ、諦念だけを伴侶に生きていくことになってしまう。

そして、そのうちすべての人を忘れて、本当に孤独な世界に置き去りにされてしまうだろう。

「陽菜穂、僕はそばにいる、ずっといるから」

さめざめと泣く陽菜穂を、僕は後ろから抱きしめた。陽菜穂の身体は力なく、ただ、僕に抱かれるままだ。

「もう、いいんだよ、颯真くん。私、もう疲れちゃった。颯真くんが来てから、私のおかしな記憶はもうフルスロットルだよ。でもね、おかげでいろいろ気づいたし、わかった。わかっただけで何も思い出さないけど、わかったんだ」

陽菜穂は力ないか細い声で話し続ける。

「私は、ここにいちゃいけないいんだ」

陽菜穂は泣き濡れた顔をあげた。その瞳に力はなく、すべてを諦めた眼をしていた。

「どんなに頑張っても、私は人を忘れる。そうだよね、思えば、早紀ちゃんはずっと私と会っていた。不自然なくらいいつも一緒で、ちょっと会わないだけでも連絡が来て、遊びにきたり呼び出されたり。それ、仲がいいって思ってたけど、それだけじゃなかったんだ。早紀ちゃんは、私に殺されないように頑張ってたんだ」

何も言えない。そのとおりだから。早紀は必死で陽菜穂の記憶に残り続けていた。僕が来るまで、両親をのぞけば、陽菜穂の記憶世界に唯一生きているのが早紀だった。一年ほどという歳月は、振り返ればそう長い時間じゃない。でも、必死で生き続けるには、とてつもなく長い時間だ。それだけ、早紀にとっても陽菜穂は特別だったんだ。

「ねえ、颯真くんのことも、私忘れたんだよね？　私は、どれくらいであなたのことを忘れたの？」

「え……」

そうか、陽菜穂は人を忘れるリミットタイムを知らない。忘れたことにも気づかないから、いつ忘れたかもわからないんだ。

伝えていいのか、僕は迷った。今まで、知っていながら誰も本人に伝えなかった事実だ。

でも、もう伝えてあげないといけない。このままの状態がもし続くのなら、この情報は陽菜穂にとってとても重要だ。難しいかもしれないのは承知の上だけど、知っていれば、防げる喪失もあるかもしれないのだ。

「約三日、それがリミットだと、早紀ちゃんは言ってた」

「そうなんだ……私の世界って、三日で変わっちゃうんだ。ううん違う、きっと私は毎日誰かを殺してる。三日前に会った人は今日、二日前に会った人は明日、そうやって、毎日会わない誰かを、私は消し続けてるんだね」

陽菜穂は静かに微笑んでいた。

陽菜穂はそこから、ほとんどしゃべらなくなった。幽鬼のようにふらりと立ち上がって、階下に降り、自分のベッドに腰掛けると、小さな声で言った。

「今日はありがと、颯真くん」

そして、布団をかぶって丸まってしまった。

僕はしばらく様子を見ていたが、声をかけてみても陽菜穂が僕にかまうことはなく、彼女の気持ちを察して、僕は一旦この場を去ることにした。

明日、御両親が帰ってきたら、騒ぎになるだろうな、ということを覚悟して。


「陽菜穂がいないんですけど、松崎さん何か知ってますか！」

次の日の朝、早紀からのＳＮＳの無料通話で僕は叩き起こされた。

僕も昨日の陽菜穂の様子が気になって眠れず、ようやく眠れたのは空が白み始めてからだったので、一瞬何を言ってるのかわからなかったが、事態を把握してすぐ脳が覚醒した。

「いないって、どういうことだ！」

「わからないから聞いてんです！　今朝早く、ご両親が帰宅したら、陽菜穂がいなくて。書置きも何もないし、どこに行ったかわからないって！　そんな時間に学校に出るはずもないんです！」

胃の腑にいやな重さが走った。

原因は間違いなく昨日のことだ。まさか失踪するとは思っていなかった。

「さっきから連絡取ろうとしてるんですけど、まったく反応がありません。とにかく、今日はあたしも学校休むんで、すぐ陽菜穂んちに来て！」

確かに昨日の陽菜穂は激しく落胆していた。しかし、それにしてもこんなことになるとは。

僕は慌てて陽菜穂の家へ走った。


陽菜穂の家に着くと、役者はすべて揃っていた。

僕、栖原父娘、そして、陽菜穂の御両親だ。

「何が起こったのかわからないんですけど、四時ごろ御両親が帰宅したら、二階の部屋のドアが破壊されてて、陽菜穂がいなくなってた、ということです」

僕たちは二階の例の部屋に集められ、早紀が動揺を隠せない興奮ぶりで、到着早々事情を説明してくれた。

僕は知っている、その状況がなぜ生まれたのか。

言うべきかどうか迷う。

ただ、言ったところで、今、陽菜穂がいないということに変わりはない。昨日のことを議論するよりも、陽菜穂を探すほうが先だ。

「先生、陽菜穂はどうしちまったんだ！」

陽菜穂の父親も直孝さんに詰め寄っていた。だが、その事情は直孝さんにわかるはずもない。

「なあ、早紀ちゃん、この部屋……」

僕はもちろんわかっている。わかっていて、もう一度、早紀に確認をしたかった。

「うん、智菜ちゃんの部屋です。左が智菜ちゃん、右が、陽菜穂のスペース。陽菜穂はこの部屋でふさぎこんで、そして、倒れた。それ以来、ここは開かずの間になったんですよ」

僕の予想どおりだ。そして、そうした気持ちもわかる。

この部屋は、陽菜穂だけじゃない。家族や、早紀たちにとってもつらい場所なのだ。それでも、早紀たちはまだ智菜ちゃんを思い出すことができるし、時間がその悲しみを癒している。

その証拠に、御両親でさえ、この部屋に入っても昨日の陽菜穂のようには取り乱したりはしない。彼らの中で、智菜ちゃんの悲しみは一定の時の癒しの恩恵を受けているんだ。でもそれは、悲しみを覚えていて、向き合ってきたから。

悲しみを封印して忘れていた陽菜穂にとっては、昨日もう一度同じ衝撃を受けたに等しいのだ。それこそ、記憶を封印しようと脳がセーフティーロックを働かせたのと同じような衝撃を、陽菜穂は受けてしまった。

昨日の行動が正しかったのか、僕にはわからない。

でも、選択肢はあれしかなかった。少なくとも僕には、それ以外のものは見えなかったし、今考えてみても正しいかどうかは別の問題として、それしかなかったんだ。

みんなが対応を協議しているのを後目《しりめ》に、僕はもう一度部屋を見渡した。

明るいときに見ると、また印象が異なる。

陽菜穂のスペースだったところはもうがらんどうだ。対して、智菜ちゃんのスペースは、おそらく当時のままになっている。

学校で使っていた教科書やプリント、ベッドの枕元に置かれたぬいぐるみ。たぶん、全部そのままだ。

その中で、昨日陽菜穂が取り落としたランドセルだけが唯一、この一年ほどで動いたものなのかもしれない。

僕は、ランドセルを拾い上げる。ハラリ、と何かが落ちた。

「なんだ……？」

僕は思わず拾い上げて、息を呑んだ。声を上げそうになって、慌ててこらえる。

それは、グリーンフラッシュの写真だ。陽菜穂と、そして僕が持っているものと同じ。ただ、僕のがプリントで陽菜穂のものが雑誌の切り抜きだとしたら、これはさらにそのカラーコピーのようだ。

確認するために裏を見る。すると、白紙の裏面に、幼い文字で何かが書いてある。

『おねえちゃんが、わたしの病気がなおるようにお願いしてくれるって。むかし見た、すごい太陽にお願いしてくれるって。げんきになったら、わたしもいっしょにみたいな。グリーンフラッシュは、きせきをおこすんだって。わたしもきせきをしんじたい』


僕は震えた。

父の撮ったグリーンフラッシュは、こんなにも誰かの心を揺さぶっていたんだ。

そして、陽菜穂が見たいと願った奇跡は、これだったんだ。

それなのに、陽菜穂は全部忘れた、いや、封印してしまった。

追いかけなきゃいけない。陽菜穂に、智菜ちゃんからのメッセージを知らせないと。

「とにかく、陽菜穂を探しましょう。どこか心当たりは？」

僕はその写真をできるだけ丁寧に懐にしまい、陽菜穂の消息を考える。

ここにいる者で考えられる限りの可能性をピックアップして、手分けして探すことになった。

できれば、僕が一番に見つけて、これを伝えたい。

父さん、僕を導いてくれ。このグリーンフラッシュは、僕の人生を変えるかもしれない。そして、陽菜穂の人生を救うかもしれないんだ。

彼女がこれを見たいと願い、僕がこれを見ようと思ってここに来た絆《きずな》を信じて、僕は駆けだしていた。

《陽菜穂》

気がつけば、家を飛び出していた。

三日分の着替えと、ありったけの貯金。

それだけ持って、私は旅に出た。

旅っていうほど大げさなものじゃないけど。だって、たった三日だもん。

三日間、私はもう誰にも会いたくない。

そうすれば、颯真くんのことも、早紀ちゃんのことも、父さんも母さんも、全部忘れるんだ。

そして、ほんとのひとりぼっち。

それが、ちなちゃんや早紀ちゃんや、そして、颯真くんを殺した罪滅ぼし。

私はもう誰かと深く関わっちゃいけないんだ。

そしたらもう誰も私のために悩まないし、悲しまない。

三日後、私の頭の中はどうなってるんだろう。

今は颯真くんも早紀ちゃんも覚えてる。

でも、私は忘れたことをいつも自覚できない。それを指摘する人もいなくて、その人たちにも会わなければ、忘れたことすら忘れてしまう。

そうなったとき、三日後の私は、私なんだろうか？

でもね、記憶なんて、なくても生きていけるんだよ。

だって、私は中学時代の早紀ちゃんを知らない。

妹がいたなんて知らない。

早紀ちゃんに高校で初めて会う前より向こうの記憶がわからない。

そんなことも普段は気にならなかったじゃない。今は、そんなことがあったと知ったから気になるだけ。

じゃあ例えば、早紀ちゃんを忘れたら、あの写真のことも忘れる？

忘れるよね。きっと、写真を見たことは覚えてても、そこに写ってるのが誰かわからなくなる。

どうして、人のことだけ消しちゃうんだろう。他は全部覚えてるのに。

もう疲れちゃった。

偽りの笑顔も偽りの記憶も、何もかもがハリボテでできていた私の世界。もう、いらないよね。

これは、自殺なのかな。三日後の私は、今日の私の悲しみも忘れてるかな。

私は三日だけ誰にも見つからなければいい。それで、私のこのつまらない世界は終わるんだもの。

さよなら世界。そして、こんにちは、新しい世界。

私は、この狭くて居心地の悪い世界から消えてなくなるね。

私はどこから来て、どこへ行くんだろう。

スマホが震えた。朝からひっきりなしにメッセージを受信してるけど、見てない。

でも、今度は長い。電話かな。着信画面を見ると、颯真くんだ。

そうだ、最後に『遺言』だけ残しておこうかな。

今の私の遺言。三日後に死ぬ私には言えない遺言を。

《颯真》

「陽菜穂ー！」

海岸にはいない、カフェにもいない、駅にもいないし、もちろん学校にも行っていない。

どこへ行ったんだ。

こうやって探し始めると、彼女が行きそうなところの心当たりも、僕にはこの程度しかない。

他のところは早紀たちが当たっている。見つかればすぐに連絡が入る。

もう電車に乗ってどこかに行ってしまったんだろうか。それなら、僕らで探すのは難しい。警察の仕事になる。

警察に届けようかという話も出ていたので、もうしばらく見つからなければ、その手段をとるしかなくなるだろう。

僕はまだ昨日の出来事を誰にも話していない。あの場でなぜ言わなかったのか、自分でもよくわからない。でもそれは、きっとよくないことだ。その情報もあったほうがいいに決まっている。

ただ、その前に僕は確かめたい。

智菜ちゃんのこのメモを、陽菜穂に届けたい。これが最後のチャンスで可能性だ、そう信じて。

あと、彼女が行きそうなところ。まったく思い浮かばない。

こうなってみると、僕と彼女はグリーンフラッシュ以外の接点は希薄だ。

「くそっ……」

もちろん朝から何度も陽菜穂のスマホに連絡を入れているが、既読にすらならない。ということは、見てもいないということだ。もしかすると、スマホは家にある？　あるいは、どこかへ捨ててしまった可能性は？

それくらい思い詰めていても、おかしくはない。

僕はもう一度、今度は電話をかけてみる。出ないかもしれない。いや、すでに両親や早紀だって試しているだろう。それでも、一縷の望みをかけて。

三回、四回、呼び出しが鳴る。僕は待つ。十回を超えたあたりで、さすがにもう切ろう、と思ったそのとき。

『颯真、くん？』

「ひ、陽菜穂か！　今どこにいる！」

出た。出てくれた。もう絶対に出ないと思っていたのに出てくれた。

『どこ、だろうね』

陽菜穂の声は小さい。いつもの快活な陽菜穂は見る影もない。いや、たぶんあれは造られたほうの陽菜穂で、真の陽菜穂はこっちだ。ずっとこうしてひとりで一年以上もの間、小さく震えていたんだろう。

「とにかく、帰ってきてくれ。君に見せたいものがあるし、伝えたいことがある！」

最後の切り札と言ってもいい。智菜ちゃんのメモ。これを見れば、陽菜穂だってまた……また、どうなるんだろう。そこまで僕は考えていなかった。むしろ、苦しみが増えるかもしれない。でも、これはどうしても伝えたかった。そうすれば、グリーンフラッシュを絆に智菜ちゃんの魂が陽菜穂の中に灯《とも》るような気がしたから。

『颯真くん、私もね、伝えておきたいことがあるんだ』

儚げな声で、陽菜穂は言う。今この通話は生命線だ。僕は会話の優先権を陽菜穂に譲る。

「先に聞くよ」

『ありがと。ひとつはお願い。颯真くん、私のことはもう忘れてね。好きって言ってくれてありがとう。私も大好きだよ。でも、だからこそ、私に関わってると、颯真くんも早紀ちゃんも父さんも母さんもみんな苦しむから。だから、みんなに忘れて、って伝えて』

小さく張りのない声だ。でも、決意を秘めた口調だった。

「そんなことは……」

『お願い。それから、これは遺言。私のことは探さないで。このまま三日経てば、私はみんなのこと忘れるから。それは、私の狭い世界とのさよならだから。ごめんね、こんなこと頼んで。三日後の私は今の私じゃない。どうなってるんだろうね。全部の知ってる人を忘れちゃったら、この今の私も誰だかわからなくなるかな。だってもう私が知ってる人はこの世界にいなくなるんだもの。みんな誰だかわからないくらいに、頭の中で溶けてなくなっちゃうかも。そうなったら、私も……いっしょに全部溶けてなくなる気がするよ。だから、探さないで。じゃあ、最後に颯真くんと……話せてよかった』

それは本当に遺言だった。

ダメだ。このままだと陽菜穂は本当に『死んで』しまう。

心や感情や記憶が人間の本質と切り離せないものだとすれば、その喪失は死と同義だ。それらを三日で失ってしまう陽菜穂は、簡単にこの世界からいなくなってしまう。
三、日、後、に君は死んでしまう。そんなのは僕が許さない。

「切るな陽菜穂！　智菜ちゃんからのメッセージがあるんだ！」

『えっ？』

僕はとっさに伝えたいことの核心を叫んだ。待ってくれ、とか言ってる間に、陽菜穂は電話を切って、そしてもう二度と出ない気がしたから。

「いいか、聞いてくれ。智菜ちゃんのランドセルから、僕と君が持ってるグリーンフラッシュの写真のコピーが出てきた！　そして、その裏にメッセージがあったんだ！　僕はこれを君に渡したい！　だから、あと一度でいいから！　僕に会ってくれ！」

陽菜穂は電話を切らない。話を聞いてくれている。まだ、望みはある。

『ほんとに？　そんなのがほんとにあったの？　ちなちゃんは、グリーンフラッシュを知ってたの？』

陽菜穂の声が震えていた。

「ああ、知ってたんだ。それを君に見せたい。お願いだ、どこにいるか教えてくれ。他の人には言わない、僕だけで行くから！」

本当は言うべきだろう。

でも、そうすると陽菜穂はきっと居場所を言わない。今は僕が直接捕まえることが優先事項だ。

『駅まで、どれくらいでこれる？』

駅？　ということはまだこの近辺にいるんだな。

「二十分で行く！」

『じゃあ、待ってるね』

「あ、おい、ひな……」

電話は切れた。

駅に行けばいるだろうか。もし、この待ち合わせがフェイクなら、もう僕には手掛かりが尽きる。

祈るような気持ちで、駅までの道を急いだ。

遺言と言っていた。陽菜穂はすべてを忘れるつもりだ。

僕も早紀も何もかも。

それは、彼女自身の人生の否定だ。そんなのは許さない。僕は意地でも彼女の記憶に残り続けてやる。そして、智菜ちゃんの記憶だってそこに刻んでやるんだ。

それは悲しい記憶かもしれない。でも、陽菜穂がこの先、本当の笑顔で生きていくためには、向き合って、時の癒しの恵みを受けなくてはならないはずだ。

僕には何が幸せかわからない。すべての記憶を取り戻すことが陽菜穂にとっての幸せかどうかもわからない。

それでも、僕は彼女に笑っていて欲しい。偽りの笑顔ではなく、本当の笑顔で。

駅が見えてきた。もう息も上がって苦しい。

「電車が……」

本数の少ない電車が一本出て行った。もし、あれに陽菜穂が乗っていたら、と胸の動悸が収まらない。

不安に心臓をわしづかみにされたまま、僕は駅の待合室へ飛び込んだ。

「いた……」

思わず口を衝いて出た。

陽菜穂は僕の姿を認めると、小さく微笑んだ。でも、いつものヤッホー、はない。むしろ何かを諦めたような笑みに、僕の心は少し痛む。

「これを見てくれ。裏に」

僕は間髪容れずに、あのメモが書かれていたコピーを渡す。

陽菜穂は、しばらく写真を眺めてから、裏面を読み始めた。

駅は無人駅で、電車が出ていったばかりで人もいない。僕と陽菜穂だけがいる待合室で、静かな時間が流れている。

陽菜穂は黙読して、そのまま何も言わない。ただじっと、そのメモを見つめている。

僕も何も言わないし、言えない。ただ、陽菜穂のリアクションを待った。

どれくらいの時間が流れただろう。とても長く感じる。

「ねえ……」

ようやく、陽菜穂が口を開いた。

「これって……ねえ、これって、私の願っていた奇跡って……」

そうだ。

陽菜穂がグリーンフラッシュに願いたかった奇跡。

それは、病に倒れていた妹の智菜ちゃんの全快を願うものだ。

そして、僕はこれにふたつの意味があることに気づいていた。陽菜穂は、気づくだろうか。

「ねえ、じゃあ……私がずっと追いかけてきたグリーンフラッシュは、意味がなかったんだ。もう、奇跡なんて起こらない。だって……ちなちゃんはもういないんだもの……私は大切な妹の期待にも応えられなかったし、無意味な奇跡を、それも、もう本来の目的も意味も忘れて……」

陽菜穂は嗚咽し始める。ぽたぽたと落ちる涙が、智菜ちゃんのメモを濡らしていく。

そうだ、確かにもう智菜ちゃんはいなくて、グリーンフラッシュにこの姉妹が願った奇跡を託すことはできない。

でも、陽菜穂は気づいていない。もうひとつの奇跡に。

「よく聞いてくれ、陽菜穂。君は、どうしてグリーンフラッシュを見たいと思ったん

「わかんない……もうわかんないよ……だって、私の記憶をどんなに遡っても、その理由が出てくるはずがないじゃない」

陽菜穂自身が最も情熱をもって挑んでいたグリーンフラッシュへのチャレンジ。それが、もう意味をなさないと知って、陽菜穂は取り乱している。

でも、そうじゃないんだ。

「……ほんとは、ずっとわかんなかったんだ……でも、でも、あの写真を見たとき、絶対見なくちゃって思う気持ちだけがあって、それをやってないと不安だからやってただけなんだよ……」

そうだ。そこなんだ。

理由も何もないのにそうあり続けた陽菜穂の行動こそが、もしかすると、可能性がそこに潜んでいる証拠かもしれない。

「そこなんだよ陽菜穂。君はグリーンフラッシュを『思い出した』んだよ！　その写真を見たときに。その写真は、智菜ちゃんとの約束に繋がっていた！」

「えっ……」

「君は智菜ちゃんを忘れていなかった！　グリーンフラッシュこそ、君と智菜ちゃんを繋ぐ絆なんだ！」

「あっ……え？　なに？　えっ……………」

陽菜穂は僕と智菜ちゃんのメッセージに、交互に視線をやる。

そう、陽菜穂は覚えていた。

智菜ちゃんとの約束を。彼女の回復のための奇跡の祈りを。

それは叶わなかったものかもしれない。でも、智菜ちゃんは確かに陽菜穂の中に残っていた。そうでなければ、過去を封印してしまった後の、彼女の衝動的なグリーンフラッシュへの想いのきっかけが説明できない。

「確かに君の脳は、君のためにセーフティーロックをかけたのかもしれない。でも、君の深層意識はそれに抗ったんだ！　智菜ちゃんの想いは、君の中に残っている！　全部忘れるなんて言わないでくれ！　そうやって三日さまよって、僕たちのことを全部忘れたとしても、その想いだけは残るんだぞ！　大丈夫だ、君はきっと思い出す。全部、僕が取り戻す。それまでずっと、僕は君のそばにいるから」

「颯真……くん……」

僕は泣き濡れている陽菜穂の手元に、僕が持っているグリーンフラッシュの写真を渡す。

「君のも出してごらん」

「う、うん……」

やはり陽菜穂は写真を首からかけている。この強い情熱と執着は、間違いなく陽菜穂が智菜ちゃんから受け取っている絆だ。

そして、彼女の手の上には、三枚の同じ写真。原板プリント、雑誌の切り抜き、カラーコピーが並んだ。全部違うけど、そこに写っているグリーンフラッシュは同じものだ。

そして、それは僕の父が撮ったもの。

「運命、だね」

涙を拭きながら、陽菜穂は笑った。

「奇跡、信じたくなってきちゃったよ、颯真くん。責任、取ってくれるの？」

「そうだな、グリーンフラッシュを見よう。一緒に。もうこれは俺にとってもひとつの奇跡だ。この一枚の写真が生んだ想いと絆を昇華させたい」

陽菜穂の記憶がどうなるかはわからない。でも、この場所でなくてもいい。グリーンフラッシュを見ることが叶えば、何かが動くような気がする。

そう、グリーンフラッシュを見たものには、奇跡が訪れる。

僕たちはそれを信じて、追い求めてきた。

ふと、ふたりで空を見上げる。

透きとおった青い空が、僕たちを招いている。

そんな気がした。

「ちょっと待ってて」

僕はスマホでＷＩＮＤＹやＳＣＷといった、気象予測サイトを見る。

日本海側は全国的に快晴だ。そして、今日は湿度が低く、大気は乾燥している。それは、空気中の水蒸気が少ないことを意味していて、空の透明度に影響する。

気象レーダーを見ても、日本海沿岸から沖合にかけて、雲の発生はなさそうだ。

星を見るのが趣味の人なら、絶好の観測日和《びより》、といえる空だ。

そして、それはグリーンフラッシュの発生にも寄与する。

「空が……青い……………怖いくらいに青いよ……」

陽菜穂がもう一度空を見上げて言った。

そうだ、今日の空は青い。

毎日いろんな天気があって、晴れといってもいろいろある。

雲ひとつない快晴でも、白っぽい空の日もあれば、本当に美しいスカイブルーの日もある。そして、後者は一年でもそう多く見られる空じゃない。

空にもたくさんの表情があるんだ。

そして、今日の空はいい顔をしていた。

「行こう」

僕は陽菜穂の手を取った。

「え？　どこへ？」

「僕たちのグリーンフラッシュを見に！」

「え？　え？　だって……この海岸で見るのが……」

「違うんだよ、陽菜穂。僕たちはそこにこだわりすぎていたんだ」

「え？」

「この場所で撮られたこのグリーンフラッシュは、智菜ちゃんが陽菜穂と繋がっておくため、そして、僕と陽菜穂が出会うためにあったんだ。ここで見ることに意義はあるかもしれない。でも、いま重要なのは、いまグリーンフラッシュを見ることだ。僕はそう思う」

「え、えっと……」

気持ちの整理がまだついていない陽菜穂を引っ張って、僕は駅の中に入る。

電車はちょうど五分後に来る。

「見るんだよ。今日しかないだろ。この空の青さ。君の中にある絆と想いがわかった日。僕と君と智菜ちゃんの写真が揃った今日。可能性の一番高い所へ行こう。約束しただろ、いつか一緒にグリーンフラッシュを見よう、って。それは、この場所じゃなくてもいいって」

陽菜穂はあっけにとられていた。

彼女がまた変な気を起こさないうちに、僕は陽菜穂の手を取ったまま、ホームに滑り込んできた電車に飛び乗った。行先なんて見てない。ただ、東へ向かう電車ならなんだってよかった。

「え、えっと、なにが、おこってるのか、よくわかんないよ」

対面ボックス席で僕の前に座る陽菜穂は、今までに見せたことのないような表情をしていた。

「君は、ここ一年あまりの呪縛から解き放たれるべきなんだ」

「呪縛……？」

そう、呪縛だ。彼女は自分で自分に呪いをかけてしまったようなものだ。

でも、その呪いを解くための鍵はある。それが智菜ちゃんからのメッセージと、三枚の写真、そしてグリーンフラッシュだ。

この三つが揃えば、きっと奇跡が起こる。

僕は、陽菜穂の中にあった、どんなに消そうとしても消えなかった『グリーンフラッシュを見て奇跡を叶える』という想いに賭ける。

そうだ。僕たちは、過去に縛られ振り回されてここにいる。

僕は、失敗した過去を消したかった。

陽菜穂は、つらく悲しい過去を消してしまった。

過去を消したかった僕と、過去を消してしまった陽菜穂。

でも、それはどちらも間違いなんだ。

過去はある。忘れてもいけない。いや、忘れることもできないんだ。陽菜穂の中に、智菜ちゃんのグリーンフラッシュが残り続けているように。

つらい過去と向き合うのが、きれいごとじゃないことはわかっている。そこから抜け出せずに、不幸な人生を歩む人がいることも知っている。

でも、それは誰も望んでいない。智菜ちゃんだってきっと望んでいない。

僕は智菜ちゃんを知らない。写真で見ただけだ。そして、このメッセージに触れただけだ。

それでもわかる。智菜ちゃんは自分のことで陽菜穂が不幸になるのを願ってはいなかったと。

「ちなちゃん、か」

陽菜穂はもう一度メッセージを見ながらつぶやいた。

「自分に妹がいたっていうの、今は不思議な気持ち。でも、いたんだよね。だから、いくら悲しいからといって、忘れた自分がとても嫌だった」

メッセージを指でなぞりながら、陽菜穂は何度もそれを読んでいるようだった。

「けど、忘れてなかったんだね。この写真が、グリーンフラッシュが、ずっと私たちを繋いでいてくれてた。まだ思い出せないけど、でも、ありがとう、颯真くん」

少し寂しげな笑みだ。でも、そこに喜びの感情があるのがわかる。

陽菜穂は、少しずつ自分を取り戻している。そう確信できる。

スマホが震える。何かメッセージが来たようだ。

「なに？　どうしたの？」

「早紀ちゃんからだ。みんな、君を探している。そうだ、大騒ぎになってんだよ。忘れてた」

電車に飛び乗ってしまったが、それどころではないはずだった。

「まずったかな。一旦、帰るかい？」

本来はそうすべきなのだ。ここで失踪のままというのはよくない。警察が動き出すと話が大きくなる。

「帰らないよ」

「え？」

「帰らない。帰っても、何も変わらないもの。私は、ちなちゃんとの絆を確信できた今だからこそ、帰れないよ。グリーンフラッシュを見るんだ」

決意に満ちた口調で陽菜穂は言う。

「ついさっきまではね、全部忘れちゃおうって思ってた。そうなったら、今の私はいなくなって、別の私になっちゃうんだろうなって。私を繋ぎとめるすべてのものがなくなったら、私はどうなるんだろうって。でも、もういいやって気持ちだった」

だけど、と陽菜穂は続ける。

「空が、呼んでるじゃない？」

車窓越しに、澄み渡った空を見上げる陽菜穂。僕も一緒にその空を見る。

「私は一年間、空と夕陽を見続けてきたの。これは、私の中にある確固たる記憶。そして、私はこの一年ほどだけ、人以外の記憶のすべてを鮮明に思い出せる。その中にある空の中で、今日は一番透き通ってるんだよ」

完全記憶。そうだ、陽菜穂はそれを頼りにこの時間を生きてきた。でも、それは偽りの記憶を創り出すためだけのものじゃないんだ。

彼女は、この一年ほどの間の空の顔をすべて記憶している。

それはまるで、今日この日が最高の空であることを確信させるために贈られた、本当の意味での奇跡なのかもしれない。僕にはそう思えた。

「私ね、奇跡ってもっと遠くて特殊で手の届かないものだと思ってた。今までも、そして昔の私もきっと。でもね、違うってわかった」

「違う？」

「うん」

陽菜穂は手にしていた三枚のうち、僕の写真をこちらへ返してきた。

「奇跡って、追い求める人のところに来るんだなって。たった一枚の写真から、私と、颯真くんと、そしてちなちゃん。三人の想いがここに集まってるんだよ。これ、もう奇跡だよ。だから、きっと見れる。行こう」

強い決意の言葉だ。そして、僕にも異存はない。

「いいんだな?」

「いいよ。もし、すべて忘れても、颯真くんがいてくれるなら、私はそれだけは覚えていられる。でもね、私はちゃんと思い出す。そんな気がするんだ」

智菜ちゃんのメッセージカードを愛おしそうに撫でながら、陽菜穂は言う。

想いってすごいな。

今朝がた、おそらく自分を儚んで家を出た陽菜穂が、今は希望に満ちた顔をしている。

ちょっとした事実の掛け違えで、人は幸せにも不幸にもなる。

もし、グリーンフラッシュが見れなくても、今日のことは陽菜穂の記憶に残るんだろう。たとえ、僕のことを忘れても、こうしてちなちゃんのメッセージを持って希望を追いかけた、ということは。

それだけでも、きっと希望が繋がる。

ただ、僕は留意しなくてはいけない。明後日の朝までに陽菜穂をみんなの元へ戻す。そのためのお目付け役でもあると。

そうしないと、本当に彼女は早紀のことも両親のことも忘れてしまう。それは避けなくてはならない。

でもごめん。今日はこのまま行く。

僕は早紀のメッセージを黙殺した。必ずきちんと連れて帰るから、今日はこのまま希望と奇跡を追いかける。今日しかない。それは、僕と陽菜穂の共通の想いだ。

このまま僕とも連絡が途絶えれば、もちろんもっと騒ぎになるだろう。

それでも、僕は今、目の前にある可能性を摑《つか》み取りに行くんだ。

《陽菜穂》

ちなちゃん。ちなちゃん。

私の妹。大切だっただろう、私の妹。

颯真くんからもらったメッセージは、私の閉ざされていた記憶に一筋の光を与えてくれた。

私は、忘れてなかったんだ。

絆は、まだ残っていた。

何もかも忘れて、もうすべての過去を放り出そうと思っていた私を、この一本の光が押しとどめた。

ちなちゃんはもういない。

私はそれを受け止めなければならなかったのに、そこから逃げてすべてを失った。

そんな私を、ちなちゃんの想いが繋ぎとめていただなんて。

これは奇跡だよ。

奇跡を見たいと言ってたけど、私は何もわかっていなかった。

奇跡っていうのは、想いの形なんだね。

颯真くんの言うとおりだ。あの写真が撮られた海岸は、私たちの集合場所だったんだ。私と、颯真くんと、そして、ちなちゃんの想いとの。

これだけの強い絆が集まったんだもの。きっと見えるよ。

私はそう信じて電車に飛び乗った。

颯真くんについていこう。どうせ、一度はあきらめたんだ。もうちょっと夢見てもいいよね。

「ねえ、颯真くん」

「ん？」

「ちなちゃん、どんな字なの？」

そう、私はその名も文字も忘れていたのだ。もう一度刻もう。私の大切な妹の名前を。

「ああ、早紀ちゃんに聞いたよ。こうだよ」

智菜。神様への祈りを現す『智』と、収穫を現す『菜』。私と同じ字が入ってる。

やっぱり妹なんだね。神様からの授かりもの、だよね。

いい名前だから、神様が収穫しちゃったのかな。

もう私は忘れないよ。絶対に忘れないから。

ううん、もし忘れても大丈夫。だって、それでも、私はあなたとの約束を覚えていたもの。

記憶って、忘れていてもきっとどこかでずっと今の自分に繋がってるんだ。

だから。もう一度私は奇跡を信じるよ。だって、颯真くんがこの写真を持ってここに来たこと自体が、実はもう奇跡だったんだもの。

車窓から見える今日の空は、私があなたとお別れしてから、たぶん、一番青いよ。

そうは思わない？　智菜ちゃん。

《颯真》

僕たちは主要駅で特急に接続して、東を目指す。

この辺りの日本海側で最も可能性が高い場所。東尋坊を。

「こんなときになんだけどね」

「ん？」

「私、電車の旅行って初めて！」

「旅行っていう割には、僕は何も持ってないんだよな。財布くらいしか持ってないし、道具全部置いてきてるし」

路銀は全部財布に入っていたし、陽菜穂もお金を持っていてよかった。特急料金くらいは全然大丈夫だった。

旅行、か。好きな女の子との旅行なら、心弾むんだろうな、普通は。

でも、この旅は、記憶の旅路だ。

陽菜穂の記憶を探す旅なんだ。それに、早紀にもご両親にも何も言わず、僕は陽菜穂をあの地域から連れ出した。

たぶん、それは禁忌行為だろう。陽菜穂があの土地を離れ、ましてやどこにいるかわからない、というのは、早紀たちにとってみれば自分たちが『殺される』リスクの増大に等しい。

だから、陽菜穂はずっとあの地域社会の外に行けなかった。行かせてもらえなかった。

いつか限界の来るものと知りながら、それでもみんなそこからはみ出すことができなかったんだ。

だから、僕がやる。僕は異分子だ。僕に見えているのは陽菜穂だけなんだ。

ただ、早紀にはどこかのタイミングで連絡をしておきたいとは思う。

僕より彼女のほうが陽菜穂に関わった時間が多く、そして、幼馴染としての想いも半端ではないと思う。でなければ、他の人たち同様に離れて行ったはずだ。

しかしそれは、充分に距離がとれて、少なくとも今日明日には連れ戻されないくらいのところまで行ってからだ。

「今日は暑いな」

「そうだね。この時期にしては暑いね」

日中の気温が上がっている。予報では、今年最初の夏日、となっているが、真夏日に到達しようかという気温だ。

昼夜の寒暖差。これも条件のひとつと言われている。

この時期、昼間にどれほど気温が上がっても、夕方には急速に下がっていく。海の上ならなおさらだ。

だから、海に向かって沈んでいく夕陽にグリーンフラッシュは発生しやすい。ほとんどの写真が海岸で撮影されているのもそのためだろう。

「ねえ、駅弁食べない？」

「のんきなこったな」

地元では大騒ぎになってるだろうに、当の陽菜穂はどっしり構えたもんだ。

まあ、覚悟の家出だったこともあるだろうけど、こっちはけっこう複雑な心境だ。

勢いで飛び乗ったし、それは間違いじゃないと思ってるけど、あとのことを考えると少々面倒なことになりそうだな、とは思っている。

ただ、腹が減っては戦はできない。

車内販売の駅弁を買う。

「旅の醍醐味だね。一度電車で駅弁食べてみたかったんだあ」

「そりゃよかった。いい旅になるといいな」

「いい旅になるよ。きっと。ううん、もうなってる」

時間もチャンスも多くはない。

僕は何度も気象サイトをチェックする。

今日以上の条件は、次いつ来るかわからない。自然相手のことだから、どんな結果になるかもわからない。

それでも、勝負するしかないんだ。

そして、何度もメッセージの着信が来る。早紀からだろう。

「陽菜穂、メッセージ来てないか?」

僕のところに来るんだから、陽菜穂のところにも来てるだろう。

「早紀ちゃんだね、来てるよ」

「返事、してやれよ。心配してるぜ」

僕から早紀より、陽菜穂からのほうがいいだろう。

とりあえず無事で、ほとぼりが冷めたら帰る、ということだけでも連絡すれば少しは安心してもらえるはずだ。

「やだ」

だが、陽菜穂は即答で断る。

「おいおい」

「私ね、覚悟して出てきたんだ。でもそれは、みんなを捨てる覚悟だよ。とても褒められたもんじゃないの。いまさら早紀ちゃんに返事できないよ。だって、忘れちゃうかもしれないんだよ？」

「待てよ。グリーンフラッシュを見たら帰るだろ？」

「見たらね。そしたらすぐに早紀ちゃんにも、父さん母さんにも連絡する」

「じゃあ、見れなかったらどうすんだよ」

「颯真くんと一緒にいる。グリーンフラッシュが見れても見れなくても、私は颯真くんと新しい世界を見たい」

　思ったより頑固だ。それでも僕だけは彼女の世界に残ることを許されているようで、それは少し嬉しい。

　当初の目的は、今は保留になっただけなのか。でも、早紀や両親にとってはあんまりな決断だ。といって、僕も陽菜穂の内面をすべて把握してるわけじゃない。その是非を論じるには、僕はあまりにも外にいすぎる。

「わかったよ。今は、見れるように祈ろう」

「うん」

　陽菜穂は笑っている。でも、どうにも儚げに見える。

　目的地に近づき、時間が迫るにしたがって、陽菜穂の持つ存在感が薄くなっていくような気がして、僕は少し怖かった。

グリーンフラッシュはすべてを解決してくれるのだろうか。
そこに、本当に奇跡があるのだろうか。
今は、ただ信じるだけだった。

《早紀》

陽菜穂も松崎さんも連絡が取れない。

って言うか、陽菜穂はともかく松崎さんは何やってんのよ。

さっきから何度もメッセージを送る。陽菜穂は既読にすらならないけど、松崎さんは既読がつく。それなのに返事がない。これはおかしい。

「陽菜穂を見つけたんだ」

あたしはそう推測する。その上で、連絡を絶ってるんだ。

ということは、陽菜穂と何か折り合いがついたんだ。

どうしよう。

彼がそばにいるなら、事情は把握してるはずだから、三日以内にはこっちに戻ってくる、と信じたい。

でも、このまま陽菜穂の消息がわからなかったら、たぶん今日の夕方には警察沙汰になっちゃう。

せめてどこにいて何をしてるかさえわかればいいのに……。

御両親は自分たちが陽菜穂に忘れられることを恐れている。そして、あたしも。

でも、陽菜穂は自分がいつ人を忘れるか知らない。だから、うっかり三日過ぎるなんて普通にあり得る。そこに松崎さんが一緒にいるなら、少しは安心できるのに。

『松崎さん、既読無視してないで返事ください！　陽菜穂そこにいるんでしょう！』

何度目かのメッセージを送る。だんだん口調が悪くなってるけど、もうなりふり構ってらんない。

もちろん電話もしてるけど、やっぱり出ない。

何を考えてるのよあの人！

この一年間、あたしたちがどれほどの想いをして陽菜穂を見守ってきたか、やっぱりあの人にはわからないんだ。

でも、このまま警察沙汰になったら、あの人は捕まるだろう。それは避けたい。

警察の手を借りれば、携帯電話の電波からある程度の居所はわかるはず。でも、この田舎で警察沙汰は、すぐに噂になる。

それも、尾ひれがついて、真実とはほど遠い噂に。

もしかすると、陽菜穂の秘密も変な形で広まるかもしれない。学校で回ってる噂どころの話じゃなくなっちゃう。

「ああもう！」

イライラしても始まらないけど、やっぱりイライラする。

たったひと言、『陽菜穂と一緒にいる』って返してくれたらこっちでもフォローできるっていうのに。

もうお昼を過ぎた。

巷《ちまた》でも、ときどき女の子が行方不明になって公開捜査情報なんて流れるけど、もしそんなのになったら……。

でも、松崎さんが一緒にいるという確証が得られないまま、このままもう少し待ってください、とも言えない。

ねえ、陽菜穂、あなたはどうしたいの？　どうしていなくなったの？

あたしとの一年間は、あなたがここにとどまるのに足らなかったのかな。

そうじゃないと信じたいけど、でも、ひとつだけわかることがある。

あたしじゃあなたを救えないんだ。だから、松崎さんといるんでしょ？

だったら、あたしじゃなくてもいいからあなたを救ってほしい。あたしはあなたのヒーローになれなくてもいいから。

だから早く、連絡が欲しいよ。

《颯真》

「着いたー！」

駅を出るなり、ずっと座っていた身体を伸ばす陽菜穂。

時刻は十五時前。まだ陽は高いが、それでも西には傾いてきている。

太陽が南中している真昼間は、さすがに少し空が白く見えていてちょっと不安になったが、少し傾き始めた今、太陽と反対の東の方の空はどれくらい先まで見えているのか、というくらい透明な青だった。

「期待できそうだね。うん、まだ、一番の青だよ」

そう言って空を見渡す陽菜穂の表情が、今までと違う。

何か確信めいた寂しさを含んでいるような気がしてならない。

それは、陽菜穂の持つ問題のいろいろを知ってきたことによる、僕の感情がそう見えさせるのかもしれない。

でも、いよいよ目的の地に来て、このまま今日が過ぎて明日が来るんだろうか、という不安を感じ始めた。陽菜穂が、消えてしまうんじゃないだろうか、と。

「どこ行く？」

「東尋坊へ出よう。それから、ちょっと待ってて、早紀ちゃんに一度連絡を入れる」

「そうだね、それはきっと颯真くんのすべきことなんだろうって思うし。今の私は、早紀ちゃんにもう会えない」

「なんでだよ」

「なんでかな。そんな気がするだけ」

どんどん雰囲気が変わっていく気がする。そう、なんとなく、陽菜穂は何かの運命を受け入れた悲劇のヒロインのように見える。

確かに、彼女には悲劇がある。だけど、だからといって悲劇的な結末を僕は望んでないし、他の誰も望んでない。

僕たちは奇跡を見て、その先の幸せを得るためにここに来たはずだ。

そんな不安を頭を振って払う。

『陽菜穂といる。場所は言えない。心配しないでくれ』

ようやく早紀にそれだけのメッセージを返した。すぐに既読がつく。そして……。

『遅かったよ、松崎さん。ごめん、あたしにはもう何もできない』

「え？」

そんなメッセージが返ってきた。そして、事態がどう動いたか僕は瞬時に理解した。

「まあ、当然、かな」

「どうしたの？」

「いや、なんでもない。行こう。あ、陽菜穂、スマホの電源切っとこうか。充電する手段が今日はないから」

陽菜穂は「あ、そうだね」と言って素直に電源を落とした。そして僕も電源を切る。たいした時間稼ぎにはならないだろうが、これで僕たちの足跡はこの駅前で途切れる。

ここからはふたりの世界だ。そして、必ず次の世界への扉を手に入れたい。グリーンフラッシュが見れても、見れなくても。

「東尋坊まで歩く？」

「そうだな。三キロくらいらしい。陽菜穂は大丈夫か？」

「田舎者は足が丈夫だから」

そう言っておどけてみせる。

「ねえ颯真くん。私って、何者なんだろう」

「何者って、岬陽菜穂だろ」

「そうだけどさ」

歩きながら陽菜穂と話す。昨夜も会っているのに、穏やかにふたりで話すのは久しぶりな気すらした。

「私はこの一年間、いろいろ知らないまま生きてたんだ。そりゃ、うっすらおかしいなって思ってたし、早紀ちゃんが指摘したときに、『あ、この人を忘れてる』って自覚すること、何度もあったよ。続くとさ、やっぱり自分がおかしいよねって思うんだ」

「まあ、そりゃそうだろうな」

「颯真くんが来るまでに、私の周りから人がいなくなっちゃってさ、そうなると、普通に暮らせるんだ。だって、忘れる人がいないから。早紀ちゃんと両親はずっとそばにいて覚えてるし、たまに連休があると学校の先生とかも忘れるんだけど、それって、『先生』っていうのがわかってれば、記憶を切り貼りできちゃうじゃない。だから、困ってなかったし、いつの間にか慣れちゃったんだ」

「そうなのか。僕にはまったくよくわからない状況だけど」

「だよね。普通はおかしいよね。でも、私はその普通の記憶を全部消しちゃったから、これが普通なんだ。でね、そこに久しぶりに颯真くんが来てさ」

陽菜穂は何を言いたいのだろう。僕は目でうなずきながら先を促す。

「私の日常に色がついたんだ」

「え？」

「今だから思うんだけどね。私の一年間は、ずっとモノクロームだった。そこにある色って、グリーンフラッシュの緑だけ。ただそれを見たいって思っていた。だって、それしか色がなかったんだ。って、もちろん比喩だけどね、ちゃんとカラーで見えてるからね」

ふふふ、といたずらっぽく笑いながら、なんかうまいこと言った、みたいな、ちょっとドヤ顔になる。そんな表情も今までなくて、今日の陽菜穂はすごく新鮮で、そして儚い。

「だからかな、今日の青い空は、ことさら私には青く見える。この青はどこまで続いてるんだろう」

「ずっと先の宇宙まで続いてるさ。それこそ、原始の生命の源にまで。智菜ちゃんの魂までさ」

「そっかな。そうだったらいいね」

宇宙は生命のスープだ。と誰かが言ってた気がする。

生命の起源はまだ解明されていない。地球で独自に生まれたのか、宇宙から降ってきたのか。降ってきたとして、その生命の根源はどこで生まれたのか。

不思議なことが好きだ。

だから、そんな本も読んでいた。

そして、よくよく考えていくと世の中は不思議なことばかりだ。あまりにも多すぎて、むしろ不思議は日常なのではないかとすら思うこともある。

今ここにいる陽菜穂の記憶も、彼女との出会いも、そんな不思議という名の日常のひとコマなのかもしれない。

ゆっくり一時間ほどかけて、僕たちは東尋坊に立った。

「わあ………」

「こいつはすごいな……」

西の方角に突き出した東尋坊は、絶好の夕陽ポイントだ。

目の前には日本海の大海原《おおうなばら》しかない。

その光景は、いつも粘っていた海岸の空の狭さとは比べ物にならない。

柱状節理といわれる東尋坊の景観は、荒々しく勇壮だ。

一方で、自殺の名所と謳《うた》われるのも納得できる。

ここに来るまでの間に、十円玉がたくさん置いてある『いのちの電話』と呼ばれる電話ボックスや、自殺をとどめる看板などが、あちこちに立っていた。ある種異様な光景ともいえた。

一方で観光地としても有名であり、平日でも人はいるし、お土産物通りもある。活《い》き活《い》きとした生命力と、それを終わらせてしまいそうな空気の両方が立ち込める不思議な空間だ。

「私ね、ほんとに三日間いなくなって、みんな忘れて、私の心すら殺しちゃおうと思ってたの。それが、自殺の名所でグリーンフラッシュを見ようとしてる。生きるために」

陽菜穂は崖の展望台から、目の前に広がる水平線を見つめていた。

「たくさん看板があったね。みんないろいろ悩みを持ってここにきて、もしかすると死んじゃった人もいるんだ」

「いるらしいよ。だからここには多くの魂があるのかもしれない」

東尋坊には大池、と呼ばれる壁に囲まれた入江のような区域がある。そして、そこは格好の飛び込みの現場らしい。

四角く切り取られたその海は、まるで冥界の門のように蒼《あお》い水をたたえている。

「この景色、私は忘れないよね。ずっと覚えていられるよね。隅から隅まで、きっと鮮明に」

陽菜穂の能力をもってすれば、それは可能だろう。

僕たちは、どんなに感動的な場面や風景でも、時が経てば細部を忘れていく。写真に写したとしても、その感動は生で見たときのそれとは違う。

でも陽菜穂は、それをとどめておける。だから、グリーンフラッシュを見るということも、鮮烈な記憶としてずっと残るはずだ。

僕たちは無意識的に記憶を思い出さないし、忘れていく。

それでいいと思うし、しかたないと思う。

陽菜穂は、どんな世界で生きてるんだろう、と、ふと思った。それは僕には想像もつかない世界なんだろうな。

「水平線が見事だな」

「うん、丸いんだね」

水平線、といいながら、それがわずかに曲線を描いているようにすら見える。それほどにこの空は広く、そして透きとおっていた。その曲線こそが、地球の丸さを表している。

もう太陽はかなり西に傾いてきていた。

でも空は青い。陽のある方向ですら、その青さは失われていない。

雲ひとつなく、海の濃紺と空の鮮やかな青が、世界の境界線を示しているように見える。

「ね、まだ時間があるし、他のところ探そうよ」

陽菜穂がそんなことを言いだす。

ここまで来たら、どこで見ても条件はそう変わらないとは思うけど。

「ここじゃダメなの？」

「ダメじゃないけど、ほら、人が多いよ。もっと静かなところで、颯真くんとふたりだけで見たい」

「そう言われちまうと、探すしかないな」

確かに、あまり人が多いのも気が削《そ》がれる。平日だけど、夕陽目当ての観光客は少なからずいるだろう。

僕たちは東尋坊から少し離れ、西の空が開けているいい場所を探し始めた。

西の方は基本的に海を向いてるので、どこでも夕陽は見られそうだ。

ほどなく、ちょっとした高台の道の傍に、小さな展望スペースを見つけた。

「ここがいいね」

陽菜穂も気に入ったようだ。小さなベンチがあるので、そこに腰掛けて夕陽を待つ。

「ありがとね、颯真くん。こんなところまで付き合ってくれて」

「陽菜穂といる時間が、僕には心地いい。大切な時間をたくさん過ごせるなら、どってことないさ」

「ふふ、早紀ちゃんが怒ってそう」

「怒ってるさ。さっき連絡入れたとき、怒られたよ」

「そうなんだ。颯真くんが次会ったとき、怖そうだね」

「そうだな」

どんな責めを受けても、僕はかまわない。陽菜穂に本当の笑顔が戻るなら。

陽菜穂は、智菜ちゃんのメッセージを見たからこそ、僕とここにいる。

もし、間に合ってなかったら、どうなったんだろう。

きっと、本当に行方をくらませて、全部忘れていたんじゃないだろうか、と思うと背筋が寒くなる。

そして、そうなった陽菜穂はいったい誰なのか。僕も考える。

人は昔のことは忘れる。幼い日のことなど特にそうだ。

僕は考える。

父は、どうしてこのグリーンフラッシュを撮れたんだろう。

狙っていたのか、偶然だったのか。それは僕にもわからない。

撮影データが残っているからこそ、僕はあの地に行けた。

陽菜穂は、その場所を知っているからこそ、撮影地を割り出せた。

そのふたりがそこで出会う奇跡。

ただ、ここまで来て、もうひとつ僕には引っかかる謎が芽生えていた。

——むかし見た、すごい太陽にお願いしてくれるって——

智菜ちゃんのメッセージに書かれていたこの一文だ。

落ち着いてみると、これには決定的な情報が含まれている、という
陽菜穂は、一度グリーンフラッシュを見ている、という単語は出てこない。ことになりはしないか。

このメッセージにはグリーンフラッシュという単語は出てこない。おそらく、当時の陽菜穂はそのすごい太陽がグリーンフラッシュという現象だということを知らなかったのではないか。だから、こんな表現になったのかもしれない。

ただ、メモが残されていた写真のコピーと文面から、その太陽がグリーンフラッシュを示していることは想像に難《かた》くない。

じゃあ、いつ、どこで、彼女はグリーンフラッシュを見たのだろう。

彼女の失った記憶のどこかに、それはあるのだろうか。

中学生時点での彼女の言う『昔』、それはどれくらいの過去なんだろう。

僕だってほんの十八年ほどの歴史しか持っていない。自分の中にある『昔の記憶』で鮮明なものはどれくらいあるだろう。あらためて遡ってみても、陽菜穂のような鮮明な記憶を残す能力があるわけでもなく、ともすると数か月前の記憶や行動も定かではない。

でも、陽菜穂はきっと見ている。だから、そんなことを智菜ちゃんに言ったんだ。

本当に不思議だな、記憶って。

人を司《つかさど》る大事なものなのに、忘れていることがあっても、個人として継続されていくんだ。

そういう意味では、陽菜穂の脳はきっと正しく彼女の悲しみをロックしたんだろう。そのときの安全策としては正解だったのかもしれない。

でも、そのロックを外す方法を、脳は示してくれない。

僕らの脳だって、日々忘れていく記憶をとどめる方法は教えてくれないし、それでも全く問題なく、昨日の僕は今日の僕だ。

でも、十年前の僕は、今の僕なんだろうか、などと考えると、またぞろ思考遊戯の沼にハマってしまいそうになる。だって、僕は十年前の僕を思い出すことなんてほぼできないんだから。

きっとみんなそうだ。自然に忘れ、自然に整理整頓され、必要なものだけが残って今がある。

陽菜穂は違う。

あるべきものを失って、必要もない記憶が膨大に正確に鮮明に残っていく。

彼女はグリーンフラッシュを見たとき、どうなるんだろう。

「夕焼け、赤くないね」

そうこうしているうちに陽は傾く。

「私の記憶の中でも、一番かなっていうくらいに赤くない」

陽菜穂はきっと、膨大な一年余りの夕焼けを頭の中で見ている。

それはどんな光景なんだろう。

そして、陽が傾くにつれ、その瞬間は近づいてくる。

僕たちのグリーンフラッシュは、この海の向こうに見えるのだろうか。

今はただ、そう祈るしかなかった。

《陽菜穂》

とてもいい空だよ、智菜ちゃん。

今日はきっと、智菜ちゃんに会える。私はそう確信しているよ。

太陽が傾いてきた。もちろん夕焼けは赤くなる。でも、今までの夕焼けより赤くない。

颯真くん曰く、赤くない夕焼けは可能性があるって。

だったら、今日は見えるよ。だって、今までで一番赤くないもの。

そして、頭の上から東のほうの空は真っ青。怖いくらいの青。太陽の反対方向の空なんか、もうなんともいえない綺麗な濃紺をしてる。

心の底から、美しいっていう感情が湧き上がる青だよ。

この空のもとで颯真くんとグリーンフラッシュを待つことができる。きっと、それだけでも奇跡だし幸せなんだと思う。

でも、私はその先へ行かなきゃいけない。

智菜ちゃん、あなたともう一度会わないといけない。

そしたらきっと、私はまた新しい世界へと行ける気がするんだ。

「もうすぐだね、颯真くん」

「ああ。雲もない、水平線まで透き通ってる。これはいいぞ」

「ドキドキしてきた。ねえ、手、繋いでいい？」

「ん？　あ、ああ、ほら」

颯真くんはズボンで手を拭いてから、少し照れ臭そうに私に差し出してくれる。男の子ってこういうところおもしろい。

颯真くんの手を取ると、少し安心する。

私は、この一年と少し、ずっと人と繋がることを恐れてきた。避けてきた。

早紀ちゃんがグイグイ来てくれたから、早紀ちゃんとだけは繋がっていたけど、それも今となっては私が一度殺しちゃったから。それでも、ずっといてくれた早紀ちゃんには大感謝だよ。

そして、颯真くん。

きっと、会ってすぐに殺しちゃった。

早紀ちゃんと違って、颯真くんはすぐに私から離れることができたはずなんだ。

でも、グリーンフラッシュが私たちを繋ぎとめた。

そして、それは智菜ちゃんとも繋がっていた。

私は思ったよ。

なんだ、奇跡ってすぐ近くにたくさんあるんだ、って。それなのに奇跡奇跡って追い求めるのは、きっと気づいてないんだ。信じてないんだ。だから、ないものねだりを奇跡っていう言葉でくるんで隠して、それにすがってきたんだ。

でも私はもう気づいた。そして、信じている。奇跡を。

違うな。これはもう必然だ。

颯真くんと私と智菜ちゃんのグリーンフラッシュが全部揃ったんだ。だから、今ここで私と颯真くんがそれを見るのは、必然なんだ。

太陽がゆっくりと水平線へ近づいていく。

大きな大きな、丸い太陽。

いつもよりずっと存在感があるよね。

カメラ持ってくるの忘れちゃったけど、いいよね。この目でしっかり見て、この頭にしっかり残すよ。

太陽が水平線にタッチした。もう、見ているうちにその瞬間は来るよね。

さあ、私の記憶。しっかり刻むんだよ。もう二度と見れないかもしれないこの瞬間を。

《颯真》

きゅっと、陽菜穂の手が僕の手を強く握る。

太陽は水平線に達した。

空は美しい夕焼けに染まる。だが、必要以上に赤くはない。

空の青さは保たれていて、水平線近くだけが朱に染まっている。これは大気の透明度が高く、水平線方向は大気の厚みで赤い光が優勢になっているものの、上空は透明度が保たれていることを示す。

気温も日中の高さを考えればずいぶん涼しくなってきて、温度の層によるプリズムもうまく形成されているかもしれない。

もっとも、グリーンフラッシュに関する研究はほとんどなくて、その条件はあいまいだ。ただ、直感的にいい空だ、と感じた日は間違いなく可能性が高い。

ましてや、ここはグリーンフラッシュの観測名所でもある。

来い！　来い！　来てくれ！

心の中で、そう念じるしかない。

太陽の下、三分の一ほどがもう水平線の下に消えている。

この辺りまでくると、目に見えて太陽の動きがはっきりわかる。まるで速度を上げたかのように、どんどんと吸い込まれていく。

陽菜穂が突然、声援を送り始めた。あの海岸で、ふたりで叫んだあの声援を。びっくりして彼女を見る僕に、陽菜穂は微笑みかける。

「光れー！　光れー！」

僕はただうなずいて、彼女に追随する。

「光れー！　光れー！」

ふたりの声が、誰もいない小さな展望台にこだまする。

約五千日後、この声援は太陽に届くだろうか。

年数にすると十四年足らず。そのとき、僕たちはどこで何をしているだろう。

そんなことを考えながら、僕たちは叫ぶ。叫び続ける。

これは想いだ。

僕の父が撮った写真が継承する、僕と陽菜穂と智菜ちゃんの想いだ。

太陽が沈みゆくまでのわずかな時間なのに、それはまるで永遠のように感じられた。

声がかすれるほどの大声で、僕は叫ぶ。

よく通る澄んだ声で、陽菜穂は叫ぶ。
魂の底から、僕たちはそれを望んだ。緑の閃光を。
太陽がいよいよ残り二割ほどになり、見る見るうちに小さくなっていく。
その辺りから、僕たちは声すら出なくなった。
魅入られるように、太陽を見つめる。お互いの手を、ギュッと握りしめながら。
「あ……終わる……終わってしまう……！」
僕たちは最後の力を振り絞って、叫んだ。
『光れー！　グリーンフラッシュ！』

光が時を満たし、時は光の中に溶けた。
僕たちは今どこにいるのだろう。
光に包まれた景色の向こうに、どこか懐かしい夕暮れの景色が見える。
ここは知っている。
あの海岸だ。僕と陽菜穂がグリーンフラッシュを待ち続けていた海岸だ。
でも、この視点は誰の視点だろう。ずいぶんと低い。
時間はまさに夕暮れどき。海のほうを見ると、でっかい夕陽が今、沈んでいくところだった。

「見てろよ。今日は光るぞ」

懐かしい声がする。誰だっけこの声。

僕は声がするほうを見た。なぜか見上げるような形で。

父さんだ。

僕の視線の先には、父さんがいる。でかいレンズとカメラを据えて、あの太陽を狙っている。

僕はこの光景を知っている。いや、知っていた。今まで記憶の彼方にうずもれていたこの光景を、どうして僕は今、見ているのだろう。

空は青く、水平線は真っ赤だ。

「え？」

突然、誰かが僕の手を握った。

振り返るとそこに小さな女の子がいた。

「なに、みてるの？」

たどたどしい言葉で、女の子は尋ねてくる。

あらあら、すみません、と母親らしき人の声が続く。

「おい、颯真、よそ見してんじゃねえぞ。ほら、お嬢ちゃんも見てな。今、奇跡が見えるぞ」

そう言って、父さんは太陽のほうを指さした。

僕は太陽が落ちていくスピードに驚きながらも、その瞬間を見たんだ。

半分ほど沈んだ太陽、その縁《ふち》が、鮮烈な緑色に輝くのを。

そうか、僕は、この光景を見ていたんだ。そして、忘れていた。

あの写真が、その記憶を知らないうちに揺さぶり起こしていたんだ。僕の、父さんとの思い出を。

そして、小さな女の子との、出会いを――

《陽菜穂》

時間が止まった気がした。

私は、誰かの手を握っている。

男の子だ。どこかで見たような面影がある。

その子は、お父さんと一緒に太陽を見ていた。

「なに、みてるの？」

私は、海岸に立つ見慣れない大きなカメラに吸い寄せられるように、その男の子に寄っていって尋ねたのだ。

奇跡が見えるぞ、と、その子のお父さんが指さした先に。

私は見たんだ。奇跡を。

その奇跡は、緑色の光で包まれていて、私のすべてを包み込んだ。

「よかったな、これでお前ら、幸せになれるぞ」

その子のお父さんはそう言って、私と男の子の頭をわしわしと撫でてくれた。

お母さんが、なんだかいっぱいすみませんって言ってるけど、私と男の子は、ずっと手を繋いで、その奇跡が沈んだ方向を見つめていたんだ。

夢かな、幻かな。それとも――

ああ、今ならはっきり思い出せるよ、智菜ちゃん。

私、あなたにこれを見せたかったんだ。そして、奇跡を起こしてほしかったんだ。

ごめんね。それは叶わなかったけど、でも今、ちゃんとあなたと出会えたよ。

ねえ智菜ちゃん、生命って不思議だね。記憶って不思議だね。太陽も地球もグリーンフラッシュも、全部不思議だよ。だから、きっといつか、不思議な力で私と智菜ちゃんはまた会える。そう思える。

だから、しばらくは私の思い出の中で、生きていてね。

もう、あなたを殺すことは、絶対にないから。

そして、早紀ちゃん。全部思い出したよ。ありがとう。

早紀ちゃんの強さがなかったら、私はもうここにもいなかったよね。

帰ったら、いっぱいいっぱいお礼しなきゃ。

それから颯真くん。私は帰ってきたよ。

あなたと出会ったあの日のことも、忘れてしまったあの日のことも、今は全部繋がってる。

そう、私とあなたは、ずっとずっと繋がってたんだって、今わかったよ。
グリーンフラッシュは幸せの奇跡。私は、今それを感じているんだ。
『お帰り陽菜穂』
誰かの声が聞こえた。
「ただいま」
私は答える。
『私の役目は、これで終わりだね』
どこかで聞いたことのある声がそう言った。
私は、ありがとう、と私の中の『私』に返した。

《颯真》

『光れー！　グリーンフラッシュ！』

僕たちの渾身の叫び。

太陽はどんどん小さくなっていく。

その形が崩れていって、不定形な光の塊になって水平線へ消えていく。

一瞬だけ、確かに緑色に光った。緑の閃光が、僕たちの目を焼いた瞬間に、ハッと我に返った。

そうだ、あのとき……あのとき確かに僕はグリーンフラッシュを見ていた！

そして、傍らにはこうして手を握っている女の子がいたんだ！

どうして忘れていたんだろう。ああでも、これが記憶というものなのかもしれない。

僕たちは日々忘れていく。忘れながらも、毎日を積み重ねて今日の僕たちになるんだ。でも、僕はもう忘れない。あの日出会った小さな陽菜穂を。あの日出会った夕陽を眺める陽菜穂を。今日出会った本当の陽菜穂を！

　僕たちは、今起こったほんの一秒にも満たないような瞬間を終えて、ただ呆然と水平線を見つめていた。

　太陽が全部沈んで、どれくらいの時間が経っただろう。おそらく、ほんのわずかな時間だったと思う。でも、それはとてもとても長い旅を終えたような気持ちがする、そんな時間だった。

「光っ……た……」

「うん、光った、ね……グリーンフラッシュ……光ったよ！」

　僕たちは、やっとお互いの顔を見た。

　陽菜穂は、泣き濡れていた。でも、その顔は笑っている。

　今までの明るい笑顔でも、偽りの笑顔でもない。

　それは、ただいまの笑顔だった。

「智菜ちゃんに、会えたんだね」

　陽菜穂はうなずく。言葉はいらない、それだけで十分だ。

「みんなにも会えたよ。颯真くんにも。また」

「ああ、俺も、また君に会えた」

　そうだ、僕たちはずっと繋がっていたんだ。

　幼いころに見たあの光景が、僕たちをあの地で引き合わせ、そして、またここでその奇跡を見るよう導いてくれた。

父さんの想いは僕や陽菜穂に、そして、陽菜穂の想いが智菜ちゃんに。悲しいこともあったけど、その想いは陽菜穂をまた、こうやって引き戻してくれたんだ。

すべては、僕たちの記憶の海で、閃光の彼方で繋がっていた。

その記憶は、ずっと緑の優しい光で包まれていた。ただ、日常の中に埋もれて、見えなくなっていただけだったんだ。

グリーンフラッシュは僕たちを繋いだ。僕たちは、互いの心を一瞬だけ垣間見た。

ジュール・ヴェルヌ、あなたの書いたことはもしかしたら本当の体験から出たものかもしれないな。そう思うくらい、僕たちは理解し合えた。それは、確かな温《ぬく》もりだった。

「これで、もう私、颯真くんのこと忘れないよね。私、新しい自分に生まれ変われたのかな」

陽菜穂がそっと僕のほうに腕を伸ばしてきた。

僕は、陽菜穂の背中に腕をまわして、彼女を優しく抱きしめる。

「ああ、僕たちの記憶は、今日の緑の光に包まれて、きっと永遠に輝き続ける。何があっても」

陽菜穂の髪の匂いがする。

華奢《きゃしゃ》な身体の温もりを感じる。

僕たちはグリーンフラッシュを見たこの地で、すべての絆を確認し合った。

この絆は、もう一生僕たちの中から消えることはないと信じて。

「ねえ、まだちゃんと返事してなかったかも」

「なにが？」

えへへ、とはにかみながら、陽菜穂は僕をまっすぐに見つめていた。

「私も大好き……だよ、颯真くん。見つけたよ、私の幸せ」

陽菜穂は、照れくさそうに僕の顔に胸をうずめた。


僕たちは幸せな奇跡の瞬間を体験した。

でも、そのあとは大変だった。

駅に戻るとやっぱり警察がいて、僕たちはそこで保護された。

陽菜穂の地元の管轄警察で、僕はひと晩こってり怒られたけど、早紀ちゃんや直孝さんのとりなしもあり、罪に問われることはなかった。

陽菜穂も一応形だけの調書取りをされて、僕より先に家に帰ったと聞いた。

僕はあやうく犯罪者になりかけたが、これで万事解決。陽菜穂は記憶を取り戻し、もうこれから失うことはない、と思いたい。

困ったことに、それを検証する方法が今のところなくて、三日会わないという実験をする勇気はない。でも、それはおいおい、いや、日常生活の中ですぐにわかってくるだろう。

早紀には相当に怒られたが、とにかく状況を説明した。それを聞いて彼女は泣いていた。もう、苦しまなくて済むんだから、当然だろう。彼女には陽菜穂の経過観察をよくお願いしておいた。

翌朝、警察からも解放され、すぐにでも陽菜穂に連絡を取って、すべての解決を喜び合いたい、と思っていた矢先、早紀から電話があった。

「そんな、バカなことって……」

僕は急いで、診療所へと向かった。

「記憶を忘れてるって……どういうことだよ！」

到着早々に早紀に向かって僕は思わず声を上げた。

昨日、僕たちは確かにグリーンフラッシュを見た。そして、陽菜穂の記憶は元に戻り、智菜ちゃんのことも思い出した。

そうじゃなかったのか。

「落ち着いてください。陽菜穂は、確かに帰ってきました。陽菜穂は、中学時代の私のこともちゃんと知ってて、智菜ちゃんのことも覚えています。でも……」

そう、陽菜穂は帰ってきた。

でも、昨日までの陽菜穂は、消えてしまったのだ。

僕と一緒にグリーンフラッシュを見た陽菜穂。

その奇跡の中、僕の記憶と彼女の記憶は共有された。

昔、同じ地で同じグリーンフラッシュを見たという、記憶を共有した陽菜穂。

僕と海岸で出会った陽菜穂。

あの陽菜穂は、もういないというのだ。

「記憶に問題が起こっていた期間の記憶は、元の記憶を戻したときに失われることがある。彼女の症状はまさにそれと思われる」

「でも、でも、昨日はその両方の記憶をちゃんと持ってて……！　新しい陽菜穂に生まれ変わったって……！」

あのときの陽菜穂は確かに両方の記憶を持っていた。僕は確信している。

「これも推測だがね、脳は睡眠によって記憶を整理する機能がある。ひと晩経って目覚めたとき、彼女の記憶は本来のものに置き換わってしまったんじゃないだろうか」

「でも、でもじゃあ、この一年余りの陽菜穂の記憶は！　あの陽菜穂はどこに

「彼女の中に、確かにいるだろう。だが、これ以上はもう治療の範囲外になる。彼女は、今が正常なんだ」

「そんなことって……そんなこと……」

僕は力なく崩れ落ちた。

今の陽菜穂は、早紀や直孝さんや、他の昔からの知り合いが知っている陽菜穂なのだろう。

一年と少しの記憶がなかったとしても、これからの彼女の人生に大きな齟齬《そご》は生まれないかもしれない。

でも、僕と一緒にいたあの陽菜穂は？

僕のことを大好きと言ってくれたあの陽菜穂は？

どこにもいなくなってしまった。

これは、僕が彼女に殺されたのか？

いや、違う。

僕が、彼女を消してしまったんだ。グリーンフラッシュを見ることで。

「取り返しのつかないことを、してしまった……」

……！」

僕は年甲斐《としがい》もなく、そして、はばかることなく泣いた。

早紀も泣いていた。

陽菜穂はこれで幸せだったんだろうか。

何が正解だったんだろうか。僕にはもうわからない。

ただ、これ以上ここにいることはもうできない。

僕は数日後、早々に荷物をまとめ、最後に、彼女とデートしたあの駅で、彼女の姿を待っていた。早紀がそれとなく連れてきてくれると言っていた。

陽菜穂の姿が雑踏の向こうに見える。

その姿は、何も変わっていない。

ただ、陽菜穂の周りに、早紀以外の友人の姿がある。楽しそうに談笑するその姿を見て、僕は理解した。これで、よかったんだと。

駅の改札に入っていく陽菜穂とすれ違う。

僕は彼女を知っている。

彼女は僕を知らない。

だから、僕を見ることもない。

「ほんとに、忘れちまったんだな……」

すれ違いざまにふわりと香るシャンプーの匂い。

あの日抱きしめた、彼女の髪の匂いだけが、僕の鼻腔《びこう》に残った。

エピローグ

何度ここに立ったことだろう。

僕は、懐かしいあの海岸に戻ってきた。

あれから一年。僕は、自分の道を見つけ、受験にも成功した。

これからどうなるかわからない。人生なんてそんなものだ。

一年前、僕がここで経験した出来事は、今もずっと胸の奥に刺さっている。

今日は空が青い。あの日の青さを思い出す。

早紀からはときどき連絡がある。陽菜穂の近況を知らせてくれていたのだ。

『陽菜穂はまだ、海岸で毎日座っています』

そう聞いて、僕はずっと考えていた。

記憶ってなんだろう。

あの瞬間を体験した陽菜穂は、きっと今の陽菜穂の中にいるはずなんだ。ただ、ちょっと引き出しの奥で眠っているだけなんだ。

僕が、父さんと見たグリーンフラッシュを忘れていたように。

そして、それは何かの鍵で開く。それを、僕はもう知っている。

きっと陽菜穂は、今でもその鍵を探しているんだ。

あの日の僕たちの想いが今の陽菜穂に継承されているからだ、と信じたい。

僕は個人的にグリーンフラッシュを研究し始めた。発生日、発生場所、その日の気象条件、その他もろもろの共通項を調べ上げ、発生確率を計算できるか、この一年試行錯誤してきた。

まだ芳《かんば》しくはないが、それでも何もなかったときよりはデータが揃ってきた。予報にはほど遠いが、予言くらいのレベルでは推測できるようになった。

だから僕は今日、ここに来た。

あの日と同じ、堤防の道の上から海岸を見る。

黒い影がぽつんとたたずんでいる。

涙が出そうなほど懐かしい。僕がずっと風景の中に探していた人が、いた。

僕は、はやる気持ちを抑えて、そこへ向かう。

陽菜穂がいる。あの日と変わらない陽菜穂がいる。

ローチェアに座って、本を読みながらカメラを立て、陽が沈むのを待っている。

「いい椅子ですね」

「ひゃあっ！」

彼女はあの日と同じように驚いた。何もかもが懐かしい。

「僕も使ってるんだ、ほら」

「あ、ほんとだ、同じ椅子……あれ？」

そこまで言ってから、陽菜穂は訝《いぶか》しげな表情をする。

「なんだか、懐かしい気持ちがする」

そう言って微笑んでくれた。そして、やはり僕のことは完全に忘れている。

でも、それでもいい。

僕は、今日ここで起こるであろうグリーンフラッシュを見に来た。彼女と一緒に見るために。

もう一度、彼女と出会うために。

それが可能かどうかなんて考えない。

奇跡は、それを望み、追い求める者のところに来る必然なんだ。

「さあ、今日は光るよ」

「え？　なんで……」

「よそ見してちゃだめだ、ほら、陽菜穂」

「え……？」

いきなり名前を呼ばれてびっくりしながらも、彼女は僕が指さすほうを見た。

夕日が沈んでいく。三分の一、そして、半分。

太陽の周囲の輪郭がいびつになって揺らめいていく。

半分ほど沈んだとき、その周辺部に緑の閃光が現れた。

「あの写真と、一緒だ！　光ってる……緑に！」

陽菜穂がつぶやいた。写真を撮ることも忘れて、見入っている。思い出して慌てて撮ろうとするが、途中で間に合わないと思ったのか、手を止めてその閃光を見送っていた。

「そう、一緒だ」

奇跡は起こる。何度でも。

僕が知る陽菜穂と見た、あのグリーンフラッシュよりも鮮烈な緑の光が、僕たちの記憶を包む。

一瞬、彼女の心の中が見えた気がした。

あの日お互いを確認し合い、大好きだと言ってくれた陽菜穂。

彼女は確かに、ここにいるんだ。僕はそう確信する。

ジュール・ヴェルヌが記したグリーンフラッシュの奇跡は、本当にあるのかもしれない。

陽菜穂はしばらく立ち尽くしていた。

「あ……ああ……」

顔を覆い、小さく嗚咽する。

僕たちは触れあった。この緑の閃光の彼方で。もう一度。

陽菜穂は顔を上げて、ぐしぐしと涙をぬぐい、そして僕を見た。

「ただいま、そ……く……」

泣き濡れた声で、声にならない声で、君が僕の名を呼んだ気がした。

僕はただ、うなずいて両手を広げる。

「お帰り、陽菜穂」

勢いよく飛び込んでくる陽菜穂を受け止め、僕たちは砂浜に倒れこんだ。

僕の胸ポケットから落ちたスマートフォンの裏には、あの日の幸せな僕たちの笑顔があった。

あとがき

初めましての方、お久しぶりの方、遊歩新夢《ゆうほにいむ》です。

このたびは、『三日後に死ぬ君へ』をお手に取っていただきありがとうございます。

この物語が、読んでくださった方の心に触れることができれば、著者としてとても嬉しく思います。

私は二〇一三年にライトノベル畑でデビューしましたが、昨年二〇二〇年、幸運にも令和小説大賞という大きな賞をいただき、『星になりたかった君と』で、実業之日本社様よりライト文芸ジャンルでの単行本を刊行をすることができました。

そのご縁からの、今回は実業之日本社文庫ＧＲＯＷでの刊行となりました。

かねてより『人の想いと繋がり』というテーマがとても好きで、ライトノベルにおいても根底にそのテーマを敷きつつ作品を書いてきましたが、ライト文芸という分野においては、さらにそのテーマを前面へ押し出して書くことができ、自分自身はまだまだこれから知っていくジャンルとは思いつつも、相性のよさを感じています。

この一年と少し、コロナ禍の中、様々な生きにくさを感じてしまう日々が続いていますが、だからこそ、生きていくということ、想いを持つこと、というのは大切なことだと思います。

時々、自分の作品を読んでくれた読者の方から、よい意味で『人生を狂わされた』と言っていただくことがあり、作家をやっていてよかったな、と思う瞬間をたくさん経験できました。

これからもそんな作品を綴っていきたいと思っておりますし、ライト文芸はそれに適したジャンルだと感じています。

人生や、生命や、人の想い……物語を通じてそんなことを考えていただければ、作品を世に出した甲斐もあるというものです。

実業之日本社文庫ＧＲＯＷは「きっと見つかる、大切なもの。」をキャッチコピーに生まれた、自分らしく生きる若者のＧＲＯＷ、成長を応援する物語を紡ぐためのシリーズです。

物語は創作物です。現実ではありません。でも、私たちはそういった架空の世界から人生のヒントや希望をもらうことが多々あります。

ぜひ、たくさん本を読んでください。できましたら私の著作も。

リアルの生活でも、私は音楽を通じて若い世代の育成に携わっています。この文庫で綴っていく物語は、そういった体験とも紐づいて、若い世代、ひいてはすべての世代に向けて『生きるということ』へのメッセージをお伝えできればと思っています。

人生はいつも今が一番若い。青春はこの瞬間にこそある。

私は常にそう考えているし、そう思いながら私は老いて死んでいくでしょう。

それまでの間、可能な限りの『想い』を文字に記し、物語として多くの人にお届けし、読んでくれた人のただひとりでいいから、その心を掴んで動かしたい。それが私の創作姿勢です。

それが成れば、自分がいなくなっても想いは継承されるでしょう。そして、その想いがまた誰かに継承されていけば、私たちはずっとその人たちの中で生き続けることができる。

そんなことを含めて、ひとつの想いを投げかけた作品、『三日後に死ぬ君へ』をお届けいたします。

読んだ方が何を感じてくれるか、不安と楽しみでいっぱいです。

そして、できるならこれからもこの文庫シリーズで、皆様に色々な『生きる』物語をお届けできたらと思っております
どうかお楽しみいただき、これからも応援していただければとても嬉しく思います。

何かと大変な時勢ではありますが、皆様の人生に幸せのあらんことを。

二〇二一年　初夏　遊歩　新夢

本書は書き下ろしです。

本作品はフィクションです。実在の個人、団体とは一切関係ありません。（編集部）

実業之日本社文庫 ゆ31

三日後《みっかご》に死《し》ぬ君《きみ》へ

2021年8月15日　初版第1刷発行

著　者　遊歩新夢《ゆうほにいむ》

発行者　岩野裕一
発行所　株式会社実業之日本社
〒107-0062　東京都港区南青山5-4-30
CoSTUME NATIONAL Aoyama Complex 2F
電話［編集］03(6809)0473［販売］03(6809)0495
ホームページ　https://www.j-n.co.jp/
ＤＴＰ　ラッシュ
印刷所　大日本印刷株式会社
製本所　大日本印刷株式会社

フォーマットデザイン　鈴木正道（Suzuki Design）

ISBN978-4-408-55686-4（第二文芸）